3rd Edition

U0063602

3 CHINESE Made Easy

輕鬆學漢語

Yamin Ma
Xinying Li

Joint Publishing (H.K.) Co., Ltd.
三聯書店（香港）有限公司

Chinese Made Easy *(Textbook 3)* *(Traditional Character Version)*

Yamin Ma, Xinying Li

Editor	Zhao Jiang, Shang Xiaomeng
Art design	Arthur Y. Wang, Yamin Ma
Cover design	Arthur Y. Wang, Zhong Wenjun
Graphic design	Arthur Y. Wang, Zhong Wenjun
Typeset	Zhou Min

Published by
JOINT PUBLISHING (H.K.) CO., LTD.
20/F., North Point Industrial Building,
499 King's Road, North Point, Hong Kong

Distributed by
SUP PUBLISHING LOGISTICS (H.K.) LTD.
16/F., 220-248 Texaco Road, Tsuen Wan, N.T., Hong Kong

First published February 2002
Second edition, first impression, July 2006
Third edition, first impression, September 2015
Third edition, fifth impression, November 2023

E-mail: publish@jointpublishing.com

輕 鬆 學 漢 語（課本三）（繁體版）

編　　著	馬亞敏	李欣穎
責任編輯	趙　江	尚小萌
美術策劃	王　宇	馬亞敏
封面設計	王　宇	鍾文君
版式設計	王　宇	鍾文君
排　　版	周　敏	

出　　版　三聯書店（香港）有限公司
　　　　　香港北角英皇道 499 號北角工業大廈 20 樓

發　　行　香港聯合書刊物流有限公司
　　　　　香港新界荃灣德士古道 220-248 號 16 樓

印　　刷　寶華數碼印刷有限公司
　　　　　香港柴灣吉勝街 45 號 4 樓 A 室

版　　次　2002 年 2 月香港第一版第一次印刷
　　　　　2006 年 7 月香港第二版第一次印刷
　　　　　2015 年 9 月香港第三版第一次印刷
　　　　　2023 年 11 月香港第三版第五次印刷

規　　格　大 16 開（210×280mm）156 面

國際書號　ISBN 978-962-04-3700-7

© 2002，2006，2015 三聯書店（香港）有限公司

- 《輕鬆學漢語》系列（第三版）是一套專門為漢語作為外語／第二語言學習者編寫的國際漢語教材，主要適合小學高年級學生、中學生使用，同時也適合大學生使用。

- 本套教材旨在幫助學生奠定扎實的漢語基礎；培養學生在現實生活中運用準確、得體的語言，有邏輯、有條理地表達思想和觀點。這個目標是通過語言、話題和文化的自然結合，從詞彙、語法等漢語知識的學習及聽、說、讀、寫四項語言交際技能的訓練兩個方面來達到的。

- 本套教材遵循漢語的內在規律。其教學體系的設計是開放式的，教師可以採用多種教學方法，包括交際法和任務教學法。

- 本套教材共七冊，分為兩個階段：第一冊至第四冊是第一階段，第五冊至第七冊是第二階段。第一冊至第四冊課本和練習冊是分開的，而第五冊至第七冊課本和練習冊合併為一本。

- 本套教材包括：課本、練習冊、教師用書、詞卡、圖卡、補充練習、閱讀材料和電子教學資源。

- The third edition of "Chinese Made Easy" is written for primary 5 or 6 students and secondary school and university students who are learning Chinese as a foreign/second language.

- The primary goal of the 3rd edition is to help students establish a solid foundation of vocabulary, grammar, knowledge of Chinese and communication skills through natural and graduate integration of language, content and culture. The simultaneous development of listening, speaking, reading and writing is especially emphasized. The aim is to help students develop skills to communicate in Chinese in authentic contexts and express their viewpoints appropriately, precisely, logically and coherently.

- The unique characteristic of the 3rd edition is that the programme allows the teacher to use a combination of various effective teaching approaches, including the Communicative Approach and the task-based approach, while taking into account the Chinese language system.

- The 3rd edition consists of seven books and in two stages. The first stage consists of books 1 through 4 (the textbook and the workbook are separate), and the second stage consists of books 5 through 7 (the textbook and the workbook are combined).

- The "Chinese Made Easy" series includes Textbook, Workbook, Teacher's book, word cards, picture cards, additional exercises, reading materials and digital resources.

課程設計

教材內容

- 課本綜合培養學生的聽、說、讀、寫技能，提高他們的漢語表達能力和學習興趣。

- 練習冊是配合課本編寫的，側重學生閱讀和寫作能力的培養。其中的閱讀短文也可以用作寫作範文。

- 教師用書為教師提供了具體的教學建議、課本和練習冊的練習答案以及單元測試卷。

- 閱讀材料題材豐富、原汁原味，可以培養學生的語感，加深學生對中國社會和中國文化的了解。

DESIGN OF THE SERIES

The series includes

- The textbook is designed to help students develop the four language skills simultaneously: listening, speaking, reading and writing. The textbook plays an important role in helping students develop their communication skills and enhance their interest in learning Chinese.

- In order to support the textbook, the workbook is designed to help the students develop their reading and writing skills. Engaging reading passages also serve as exemplar essays.

- The Teacher's Book provides suggestions on how to use the series, answers to exercises and end of unit tests.

- Authentic reading materials that cover a wide range of subjects help the students develop a feel for Chinese, while deepening their understanding of contemporary China and the Chinese culture.

教材特色

- 考慮到社會的發展、漢語學習者的需求以及教學方法的變化，本套教材對第二版內容做了更新和優化。

◇ 課文的主題是參考 IGCSE 考試、AP 考試、IB 考試等最新考試大綱的相關要求而定的。課文題材更加貼近學生生活。課文體裁更加豐富多樣。

◇ 生詞的選擇參考了 IGCSE 考試、IB 考試及 HSK 等考試大綱的詞彙表。所選生詞使用頻率高、組詞能力強，且更符合學生的交際及應試需求。此外還吸收了部分由社會的發展而產生的新詞。

- 語音、詞彙、語法、漢字教學都遵循了漢語的內在規律和語言的學習規律。

◇ 語音練習貫穿始終。每課的生詞、課文、韻律詩、聽力練習都配有錄音，學生可以聆聽、模仿。拼音在初級階段伴隨漢字一起出現，隨着學生漢語水平的提高，拼音逐漸減少。

◇ 通過實際情景教授常用的口語和書面語詞彙。兼顧字義解釋生詞意思，利用固定搭配講解生詞用法，方便學生理解、使用。生詞在課本中多次復現，以鞏固、提高學習效果。

◇ 強調系統學習語法的重要性。語法講解簡明直觀。語法練習配有大量圖片，讓學生在模擬真實的情景中理解和掌握語法。

◇ 注重基本筆畫、筆順、漢字結構、偏旁部首的教學，讓學生循序漸進地了解漢字構成。練習冊中有漢字練習，幫學生鞏固所學。

- 全面培養聽、說、讀、寫技能，特別是口語和書面表達能力。

◇ 由聽力入手導入課文。

◇ 設計了多樣有趣的口語練習，如問答、會話、採訪、調查、報告等。

The characteristics of the series

- Since the 2nd edition, "Chinese Made Easy" has evolved to take into account social development needs, learning needs and advances in foreign language teaching methodology.

◇ Varied and relevant topics have been chosen with reference to the latest syllabus requirements of: IGCSE Chinese examinations in the UK, AP Chinese exams in the US, and Language B Chinese exams from the IBO. The content of the texts are varied and relevant to students and different styles of texts are used in this series.

◇ In order to meet the needs of students' communication in Chinese and prepare them for the exams, the vocabulary chosen for this series is not only frequently used but also has the capacity to form new phrases. The core vocabulary of the syllabus of IGCSE Chinese exams, IB Chinese exams and the prescribed vocabulary list for HSK exams has been carefully considered. New vocabulary and expressions that have appeared recently due to language evolution have also been included.

- The teaching of pronunciation, vocabulary, grammar and characters respects the unique Chinese language system and the way Chinese is learned.

◇ Audio recordings of new words, texts, rhymes and listening exercises are available for students to listen and imitate with a view to improving pronunciation. Pinyin appears on top of characters at an early stage and is gradually removed as the student gains confidence.

◇ Vocabulary used in practical situations in both oral and written form is taught within authentic contexts. In order for the students to better understand and correctly apply new words, the relevant meaning of each character is introduced. The fixed phrases and idioms are learned through sample sentences. Vocabulary that appears in earlier books is repeated in later books to reinforce and consolidate learning.

◇ The importance of learning grammar systematically is emphasized. Grammatical rules are explained in a simple manner, followed by practice exercises with the help of ample illustrations. In order for the students to have a better understanding of and achieve mastery over grammatical rules, authentic situations are provided.

◇ In order for the students to understand the formation of characters, this series stresses the importance of teaching basic strokes, stroke order, character structures and radicals. To consolidate the learning of characters, character-specific exercises are provided in the workbook.

- The development of four language skills, especially productive skills (i.e. speaking and writing) is emphasized.

◇ Each text is introduced through a listening exercise.

◇ Varied and engaging oral tasks, such as questions and answers, conversations, interviews, surveys and oral presentations are designed.

◇提供了大量閱讀材料，内容涵盖日常生活、社會交往、熱門話題等方面。

◇安排了電郵、書信、日記等不同文體的寫作訓練。

• 重視文化教學，形成多元文化意識。

◇隨着學生水平的提高，逐步引入更多對中國社會、文化的介紹。

◇練習冊中有較多文化閱讀及相關練習，使文化認識和語言學習相結合。

• 在培養漢語表達能力的同時，鼓勵學生獨立思考和批判思維。

課堂教學建議

• 本套教材第一至第四冊，每冊分別要用大約 100 個課時完成。第五至第七冊，難度逐步加大，需要更多的教學時間。教師可以根據學生的漢語水平和學習能力靈活安排教學進度。

• 在使用時，建議教師：

◇帶領學生做第一冊課本中的語音練習。鼓勵學生自己讀出新的生詞。

◇強調偏旁部首的學習。啓發學生通過偏旁部首猜測漢字的意思。

◇講解生詞中單字的意思。遇到不認識的詞語，引導學生猜測詞義。

◇藉助語境展示、講解語法。

◇把課文作為寫作範文。鼓勵學生背誦課文，培養語感。

◇根據學生的能力和水平，調整或擴展某些練習。課本和練習冊中的練習可以在課堂上用，也可以讓學生在家裏做。

◇展示學生作品，使學生獲得成就感，提高自信心。

◇創造機會，讓學生在真實的情景中使用漢語，提高交際能力。

馬亞敏

2014 年 6 月於香港

• Reading materials are chosen with the students in mind and cover relevant topics taken from daily life.
• Composition exercises ensure competence in different text types such as E-mails, letters, diary entries and etc.

• In order to foster the students' multi-cultural awareness, the teaching of Chinese cultural elements is emphasized.
◇ As students' Chinese language skills increase, an effort has been made to introduce more about contemporary China and Chinese culture.
◇ Plenty of reading materials and related exercises are available in the workbook, so that language learning can be interwoven with cultural awareness.

• While cultivating the ability of language use in Chinese, this series encourages students to think independently and critically.

HOW TO USE THIS SERIES

• Each of the books 1, 2, 3 and 4 covers approximately 100 hours of class time. The difficulty level of Books 5, 6 and 7 increases and thus the completion of each book will require more class time. Ultimately, the pace of teaching depends on the students' level and ability.

• Here are some suggestions as how to use this series. The teachers should:
◇ Go over with the students the phonetics exercises in Book 1, and at a later stage, the students should be encouraged to pronounce new pinyin on their own.
◇ Stress the importance of learning radicals, and encourage the students to guess the meaning of a new character by applying their understanding of radicals.
◇ Explain the meaning of each character, and guide the students to guess the meaning of a new phrase using contextual clues.
◇ Demonstrate and explain grammatical rules in context.
◇ Use the texts as sample essays and encourage the students to recite them with the intention of developing a feel for the language.
◇ Modify or extend some exercises according to the students' levels and ability. Exercises in both textbook and workbook can be used for class work or homework.
◇ Display the students' works with the intention of fostering a sense of success and achievement that would increase the students' confidence in learning Chinese.
◇ Provide opportunities for the students to practise Chinese in authentic situations in order to improve confidence and fluency.

Yamin Ma

June 2014, Hong Kong

Authors' acknowledgements

We are grateful to the following who have so graciously helped with the publication of this series:

- Our publisher, 侯明女士 who trusted our ability and expertise in the field of Chinese language teaching and learning.
- Editors, 尚小萌、趙江 and Annie Wang for their meticulous hard work and keen eye for detail.
- Graphic designers, 鍾文君、周敏 for their artistic talent in the design of the series' appearance.
- 陸穎、于霆、王茜茜 for their creativity and imagination in their illustrations.
- The art consultant, Arthur Y. Wang, without whose guidance the books would not be so visually appealing.
- 胡廉軻 who recorded the voice tracks that accompany this series.
- And finally, to our family members who have always given us generous and unwavering support.

目錄

第一課　我的學校

生詞 1

❶ 介 jiè between　介紹（绍）jiè shào introduce
❷ 龍（龙）lóng dragon　一條龍學校 yì tiáo lóng xué xiào K-12 school

❸ 幼 yòu young
❹ 兒 ér child　幼兒園 yòu ér yuán kindergarten

❺ 初中 chū zhōng junior secondary school; middle school
❻ 高中 gāo zhōng senior secondary school; high school

❼ 趕 gǎn catch　我一吃完早飯就去趕七點的校車。wǒ yì chī wán zǎo fàn jiù qù gǎn qī diǎn de xiào chē

Grammar: "一 … 就 …" means "as soon as".

❽ 課間 kè jiān break (between classes)　課間休息 kè jiān xiū xi break

❾ 次 cì time; a measure word (used for actions)　一次課間休息 yí cì kè jiān xiū xi

❿ 下課 xià kè finish class
⓫ 教室 jiào shì classroom

⓬ 聊 liáo chat　聊天兒 liáo tiānr chat　我下課以後一般在教室裏跟同學聊天兒。wǒ xià kè yǐ hòu yì bān zài jiào shì li gēn tóng xué liáo tiānr

⓭ 提 tí put forward
⓮ 供 gōng provide　提供 tí gōng provide

⓯ 豐（丰）fēng rich; abundant
⓰ 富 fù rich　豐富 fēng fù rich; abundant　豐富多彩 fēng fù duō cǎi rich and varied

學校為我們提供了豐富多彩的課外活動。xué xiào wèi wǒ men tí gōng le fēng fù duō cǎi de kè wài huó dòng

Grammar: Pattern: 為 … 提供 …

⓱ 古 gǔ ancient
⓲ 典 diǎn standard　古典 gǔ diǎn classical　古典音樂 gǔ diǎn yīn yuè classical music

⓳ 流 liú spread
⓴ 行 xíng be current　流行 liú xíng popular　流行音樂 liú xíng yīn yuè pop music

㉑ 交 jiāo cross
㉒ 響（响）xiǎng sound　交響樂 jiāo xiǎng yuè symphony　交響樂隊 jiāo xiǎng yuè duì symphony orchestra

1 看圖說話

例子：她早上七點起牀。她……

7:00	7:30	8:00	8:30-12:30	12:30-13:30
22:30	19:30	16:30-18:30	15:10	13:30-15:00

你可以用

a) 起牀
b) 刷牙
c) 洗澡
d) 吃早飯
e) 騎自行車
f) 上學
g) 上課
h) 吃午飯
i) 回家
j) 打網球
k) 看電視
l) 睡覺

2 用所給結構及詞語看圖說話

結構：他一到家就看電視。　　她一吃完早飯就去趕七點的校車。

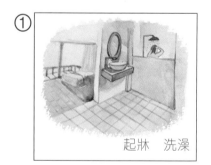

① 起牀　洗澡

② 吃早飯　上學

③ 放學　回家

④ 到家　做作業

⑤ 做作業　吃晚飯

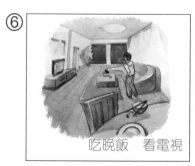

⑥ 吃晚飯　看電視

3 學一學

中國的幼兒園和學校：

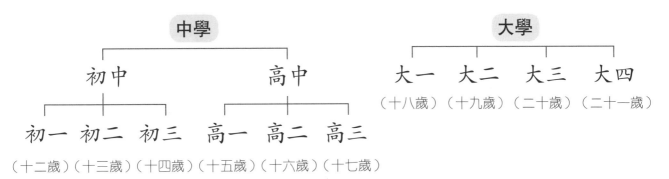

4 根據實際情況回答問題

1) 你每天上幾節課？有幾次課間休息？課間休息多長時間？你課間休息的時候一般做什麼？

2) 你有家教嗎？你上補習課嗎？你每個星期補習幾次？

3) 你今年生過病嗎？生過幾次病？生了什麼病？你去看病了嗎？

4) 你去過北京嗎？去過幾次？你是跟誰一起去北京的？你在北京待了多長時間？

5) 你去過上海嗎？去過幾次？你在上海的時候天氣怎麼樣？你喜歡上海的天氣嗎？你今年打算去上海嗎？

1) 你在哪所學校上學？你們學校是一所什麼樣的學校？

2) 你們學校一共有多少個學生？多少位老師？

3) 你們早上幾點開始上課？下午幾點放學？你一放學就回家嗎？

4) 你一般幾點吃午飯？你們學校有食堂嗎？你午飯一般吃什麼？

5) 你今年有幾門課？有什麼課？你覺得哪門課最容易？哪門課最難？為什麼？

6) 你們學校為學生提供了什麼課外活動？你今年參加了什麼課外活動？你星期一有什麼活動？你週末有活動嗎？

7) 你們學校離你家近嗎？你每天怎麼上學？

8) 你們學校的校園大嗎？你們學校有什麼設施？你經常用學校的哪些設施？

9) 你喜歡你們學校嗎？為什麼？

10) 你在學校有幾個好朋友？介紹一下你的好朋友。

課文 1

請<ruby>介紹<rt>jiè shào</rt></ruby>一下你的學校。

我在一所英國國際學校上學。我們學校是一<ruby>條龍學校<rt>tiáo lóng xué xiào</rt></ruby>，有<ruby>幼兒園<rt>yòu ér yuán</rt></ruby>、小學、<ruby>初中<rt>chū zhōng</rt></ruby>和<ruby>高中<rt>gāo zhōng</rt></ruby>。

你們早上幾點開始上課？

八點。因為我家離學校很遠，所以我每天早上六點就起牀了。我一吃完早飯就去<ruby>趕<rt>gǎn</rt></ruby>七點的校車。

你們每天上幾節課？

五節課。我上午上四節課。中間有一<ruby>次課間休息<rt>cì kè jiān xiū xi</rt></ruby>，從十點到十點二十。

你課間休息的時候一般做什麼？

我<ruby>下課<rt>xià kè</rt></ruby>以後一般在<ruby>教室<rt>jiào shì</rt></ruby>裏跟同學<ruby>聊天兒<rt>liáo tiānr</rt></ruby>或者玩兒電腦遊戲。

你們學校有什麼課外活動？

學校為我們<ruby>提供<rt>tí gōng</rt></ruby>了<ruby>豐富多彩<rt>fēng fù duō cǎi</rt></ruby>的課外活動。因為我喜歡<ruby>古典音樂<rt>gǔ diǎn yīn yuè</rt></ruby>和<ruby>流行音樂<rt>liú xíng yīn yuè</rt></ruby>，所以這個學期參加了<ruby>交響樂隊<rt>jiāo xiǎng yuè duì</rt></ruby>和合唱隊。

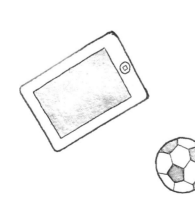

6 用所給結構及詞語寫句子

結構：學校為 / 給我們提供了豐富多彩的課外活動。

① 奶奶　做晚飯

② 護士　量體溫

③ 爸爸　請家教

④ 醫生　開藥

7 口頭報告

要求 説一説你昨天做了什麼。

例子：

　　昨天星期二。我早上起晚了，所以沒有吃早飯。我七點半去趕校車，但是沒有趕上。我最後是坐出租車去學校的。

　　昨天我有五節課：漢語、數學、歷史、科學和體育。因為我早上沒有吃早飯，所以課間休息的時候吃了兩個麵包。我中午有課外活動。我打了四十分鐘排球。我們下午三點十分放學。我一放學就回家了，因為我四點一刻有漢語補習，六點還有游泳訓練。

　　我們家七點半吃晚飯。我一吃完晚飯就去做作業了。我花了兩個小時做完了作業，然後又上了一會兒網。我昨天晚上是十點半睡覺的。

生詞 2

① zuò 座 a measure word (used for large and solid things) yí zuò tú shū guǎn 一座圖書館

② jiè 借 borrow; lend **③** huán 還 return wǒ men jīng cháng qù tú shū guǎn jiè shū、huán shū 我們經常去圖書館借書、還書。

④ zhèng 正 main **⑤** mén 門 door zhèngmén 正門 front door; main entrance

⑥ bù 部 unit; department xiǎo mài bù 小賣部 tuck shop xué xiào zhèng mén yòu bian yǒu yí ge xiǎo mài bù 學校正門右邊有一個小賣部。

⑦ tíng 停 park tíng chē chǎng 停車場 parking lot

⑧ liàng 輛（辆）a measure word (used for vehicles) wǔ shí liàng chē 五十輛車

⑨ jiàn 建 build zuì jìn xué xiào yòu jiàn le yì xiē xīn shè shī 最近，學校又建了一些新設施。

⑩ chéng 程 procedure kè chéng 課程 course xué xiào wèi wǒ men tí gōng le gè zhǒng kè chéng 學校為我們提供了各種課程。

⑪ nǔ 努 exert; strive **⑫** lì 力 strength nǔ lì 努力 make effort tóng xué men dōu xué de hěn nǔ lì 同學們都學得很努力。

⑬ cè 測（测）survey cè yàn 測驗 test **⑭** kǎo 考 examine; test **⑮** shì 試（试）test kǎo shì 考試 examination; test

⑯ pà 怕 be afraid wǒ yì diǎnr dōu bú pà kǎo shì 我一點兒都不怕考試。

▲ • • • • •

Grammar: a) Sentence Pattern: Subject + 一點兒 + 都 + 不 / 沒 +Verb (+ Object)
b) This structure indicates "not at all".

⑰ fēn 分 mark **⑱** dé 得 get wǒ chà bu duō měi cì kǎo shì dōu néng dé jiǔ shí duō fēn 我差不多每次考試都能得九十多分。

⑲ chéng 成 achievement **⑳** jì 績（绩）achievement chéng jì 成績 achievement; result

㉑ gāng 剛（刚）barely **㉒** jí 及 reach **㉓** gé 格 standard jí gé 及格 pass a test or examination

zhè cì hàn yǔ cè yàn wǒ de chéng jì bù hǎo gāng jí gé 這次漢語測驗我的成績不好，剛及格。

㉔ fù 複（复）again fù xí 複習 review; revise **㉕** xué xí 學習 study; learn

8 用所給結構看圖完成句子

結構：最近，學校又建了一些新設施。

  弟弟常常生病。他
上個星期……

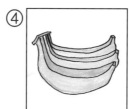 我很喜歡吃香蕉，
所以媽媽昨天……

  北京的春天常常
颳風。你看，今
天……

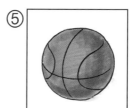 哥哥上午打了兩個
小時籃球。他下午
……

  妹妹非常愛吃炒
麵，所以外婆晚
上……

 他上個星期看完了
一本中文小說，這
個星期……

9 模仿例子，看圖說話

例子：王新這次數學測驗得了五十六分，
沒及格。

10 用所給結構及詞語看圖説話

結構：食堂的飯菜一點兒都不好吃。

我一點兒都不怕考試。

這次漢語測驗，我一點兒都沒複習。

①  作業
難

②  連衣裙
貴

③  漢字
難寫

④  麵條
想吃

11 聽課文錄音，回答問題

1) 他在哪所學校上學？

2) 他們學校有幾幢教學樓？

3) 他們常去圖書館做什麼？

4) 學校的停車場在哪兒？

5) 學校最近建了哪些新設施？

6) 他怕考試嗎？

7) 他考試一般得多少分？

8) 這次漢語測驗他考得怎麼樣？

我在上海國際中學上學。我們學校是一所走讀學校，有一千兩百多個學生和一百多位老師。

我們學校的校園很大，有五幢教學樓、一座(zuò)體育館和一座圖書館。學校的圖書館很大。我們經常去那裏借(jiè)書、還(huán)書。學校正門(zhèng mén)右邊有一個小賣部(xiǎo mài bù)。後門旁邊還有一個大停車場(tíng chē chǎng)，可以停(tíng)五十輛(liàng)車。最近，學校又建(jiàn)了一些新設施，有室內游泳池、戲劇室等等。

學校為我們提供了各種課程(kè chéng)。我的老師都教得很好，同學們都學得很努力(nǔ lì)。我們經常有測驗(cè yàn)。我一點兒都不怕考試(pà kǎo shì)。我差不多每次考試都能得(dé)九十多分(fēn)，但是這次漢語測驗我的成績(chéng jì)不好，剛及格(gāng jí gé)，因為我沒複習(fù xí)。

我很喜歡我的學校。在這裏學習(xué xí)，我非常開心。

12 角色扮演

情景 你去圖書館借書和雜誌。

例子：

你：我想借這些書和這本雜誌。

圖書管理員：你每次只能借三本書。雜誌
不可以借出去，只能在圖書
館裏看。

你：好。那我借這三本吧。

圖書管理員：請給我你的借書卡。

你：給您。這三本書我要什麼時候還？

圖書管理員：你可以借兩個星期。

學生：好。謝謝！

小任務

去圖書館借兩本中文小說。

13 小組活動

要求 上網找答案。

你們學校為學生提供了哪些課外活動？

1) 運動：

2) 音樂：

3) 其他：

你可以用

a) 騎馬

b) 游泳

c) 畫油畫

d) 練武術

e) 彈鋼琴

f) 拉小提琴

g) 練跆拳道

h) 打高爾夫球

i) 下國際象棋

情景 你今年轉學了。給你的朋友打電話，介紹你的新學校。你可以用下面的問題。

1) 你們學校是一所什麼樣的學校？學校的校園什麼樣？

2) 你們學校有什麼設施？學校最近建了哪些新設施？你經常用學校的哪些設施？

3) 你們學校有游泳池嗎？是室內的還是室外的？你一般什麼時候去游泳？

4) 你們學校的圖書館大嗎？裏面有什麼書？你常去借書嗎？

5) 你今年有幾門課？有什麼課？你最喜歡哪門課？為什麼？

6) 你最喜歡哪位老師？為什麼？

7) 你們經常有測驗嗎？你怕考試嗎？

8) 你最近有漢語考試嗎？你的成績怎麼樣？

9) 你每天都有作業嗎？你晚上一般花多長時間做作業？

10) 你喜歡你的新學校嗎？為什麼？

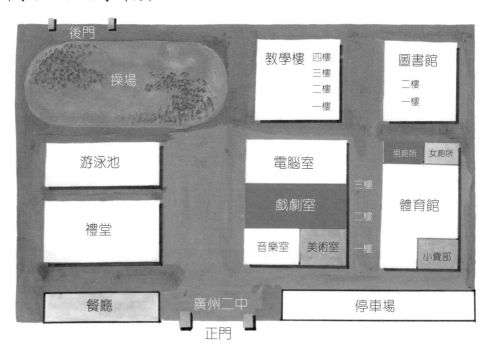

15 口頭報告

要求 介紹你的學校。

- 學校的歷史
- 學校老師和學生的人數 ^{rén shù}
- 學校的設施
- 你今年上的課
- 你今年參加的課外活動

例子：

我們學校是一所一條龍學校，有幼兒園、小學、初中和高中。我們學校是 1980 年建的。現在學校有一千五百多個學生，兩百多位老師。

我們學校的校園很大，有一座圖書館、一座體育館……

我今年有十二門課，有漢語、英語、數學、化學、歷史等等。我們經常有考試。上個星期我們有漢語測驗。我的成績不錯，得了八十九分。

我今年參加了好幾個課外活動。我參加了……

你可以用

a) 我們學校的校園很大，到處都是花草樹木，非常漂亮。

b) 今年我們學校要建一個室內游泳池。

c) 在這十門課中，我最喜歡化學，因為化學老師教得很好。

d) 我覺得歷史非常有趣，也很容易學。

e) 我喜歡學漢語，因為漢語很有用，也很重要。

f) 我們差不多每個月都有測驗。

g) 我今年參加了五個興趣小組。

第二課 買文具

生詞 1 5

① bǐ 筆（笔）pen　máo bǐ 毛筆 writing brush　② zhī 枝 a measure word (used for long, thin, inflexible objects)　yì zhī máo bǐ 一枝毛筆

③ mò 墨 Chinese ink　mò shuǐ 墨水 Chinese ink　④ píng 瓶 bottle　yì píng mò shuǐ 一瓶墨水

⑤ chǐ 尺 ruler　chǐ zi 尺子 ruler　⑥ bǎ 把 a measure word (used for a tool with a handle)　yì bǎ chǐ zi 一把尺子

⑦ xiàng 橡 rubber tree　⑧ pí 皮 rubber　xiàng pí 橡皮 rubber　yí kuài xiàng pí 一塊橡皮

⑨ jì 計（计）calculate　⑩ suàn 算 calculate　jì suàn 計算 calculate　⑪ qì 器 implement　jì suàn qì 計算器 calculator

⑫ bié 別 other; difference　hái mǎi bié de ma 還買別的嗎？

⑬ qū 區（区）distinguish　qū bié 區別 difference　zhè liǎng ge jì suàn qì yǒu shén me qū bié 這兩個計算器有什麼區別？

⑭ zhì 質（质）quality　⑮ liàng 量 quantity; amount　zhì liàng 質量 quality

⑯ gōng 功 achievement　⑰ néng 能 ability　gōng néng 功能 function

zhè ge jì suàn qì de gōng néng bǐ nà ge de duō de duō
這個計算器的功能比那個的多得多。

▲ **Grammar: Sentence Pattern: Noun₁ + 比 + Noun₂ + Adjective + 得多 / 多了**

⑱ hái shi 還是 still　wǒ hái shi xiǎng mǎi pián yi de 我還是想買便宜的。　⑲ qián 錢（钱）money　yí gòng duō shao qián 一共多少錢？

⑳ máo 毛 1/10 of a yuan　yì bǎi èr shí kuài líng sān máo 一百二十塊零三毛。

▲ Note: a) 一塊（元）＝ 十毛（角）　一毛（角）＝ 十分
　　　　b) "塊"，"毛" are used in spoken form；"元"，"角" are used in written form.

㉑ gěi 給 give　gěi nín liǎng bǎi 給您兩百。　㉒ zhǎo 找 give change　zhǎo nǐ qī shí jiǔ kuài qī 找你七十九塊七。

㉓ yíng 迎 welcome　huān yíng 歡迎 welcome　huān yíng xià cì zài lái 歡迎下次再來！

1 學一學

 ① 一毛（一角）

 ② 五毛（五角）

 ③ 一塊（一元）

 ④ 五塊（五元）

 ⑤ 十塊（十元）

 ⑥ 二十塊（二十元）

 ⑦ 一百塊（一百元）

2 用所給結構及詞語看圖說話

結構：這種毛筆比別的毛筆貴一點兒。

這種計算器的功能比那種的多得多。

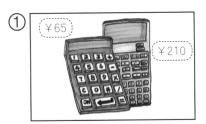 ① ¥65 ¥210　貴

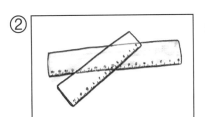 ②　短

 ③　漂亮

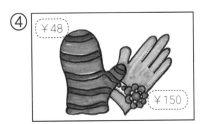 ④ ¥48 ¥150　便宜

情景 你要買一部手機。

例子：

shòu huò yuán
售貨員：你好！你想買什麼？

你：我想買手機。

售貨員：這種手機怎麼樣？

你：這種手機好貴！那種手機比這種便宜得多。它們有什麼區別？

售貨員：這兩種手機的功能差不多，但是這種手機的質量比那種的好得多。

你：我買那種吧。這種太貴了！

售貨員：好。

小任務

去買筆記本電腦 / 耳機。

課文 1

您好，我想買毛<ruby>筆<rt>máo bǐ</rt></ruby>。請問，那<ruby>枝<rt>zhī</rt></ruby>毛筆多少<ruby>錢<rt>qián</rt></ruby>？

十九塊八。這種毛筆雖然比別的毛筆貴一點兒，但是它的<ruby>質量<rt>zhì liàng</rt></ruby>特別好。

好，我買一枝。我還要買一<ruby>瓶墨水<rt>píng mò shuǐ</rt></ruby>。

墨水十一塊五。

我還想買一個<ruby>計算器<rt>jì suàn qì</rt></ruby>。

這個怎麼樣？

這個計算器好貴！我想買那個便宜的。它們有什麼<ruby>區別<rt>qū bié</rt></ruby>？

它們的質量差不多，但是這個計算器的<ruby>功能<rt>gōng néng</rt></ruby>比那個的多得多。

我<ruby>還是<rt>hái shi</rt></ruby>想買便宜的。我還要買一<ruby>把<rt>bǎ</rt></ruby><ruby>尺子<rt>chǐ zi</rt></ruby>和一塊<ruby>橡皮<rt>xiàng pí</rt></ruby>。一共多少錢？

一百二十塊零三<ruby>毛<rt>máo</rt></ruby>。還買<ruby>別<rt>bié</rt></ruby>的嗎？

不買了。<ruby>給<rt>gěi</rt></ruby>您兩百。

<ruby>找<rt>zhǎo</rt></ruby>你七十九塊七。<ruby>歡迎<rt>huān yíng</rt></ruby>下次再來！

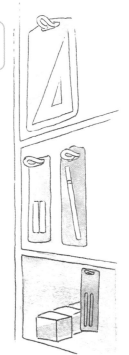

4 用所給結構完成句子

結構：那個計算器的功能比這個的少得多，但是我還是想買那個。

1) 發電郵比寫信方便得多，但是外公 ＿＿＿＿＿＿＿＿＿＿＿＿＿＿＿。

2) 我們學校比他們學校小得多，但是我 ＿＿＿＿＿＿＿＿＿＿＿＿＿。

3) 北京的冬天特別冷，但是她 ＿＿＿＿＿＿＿＿＿＿＿＿＿＿＿。

4) 今天又颳風又下雪，非常冷，但是弟弟 ＿＿＿＿＿＿＿＿＿＿＿＿。

5 角色扮演

情景 你和朋友昨天都去買衣服了。說一說你們買了什麼。

例子：

你：我昨天去買衣服了。

小非：你買了什麼？

你：我買了一件毛衣和一條圍巾。

小非：是什麼顏色的？

你：毛衣是黃色的，圍巾是橙色的。

小非：貴不貴？

你：挺貴的，但是質量特別好。

小非：你還買了什麼？

你：我還試了一條連衣裙，但是太貴了，
　　所以沒有買。你最近去買衣服了嗎？

小非：……

小任務

向朋友介紹一下你買的牛仔褲。

18

生詞 2

① xué qī
學期 school term

xīn xué qī yào kāi shǐ le
新學期要開始了。

▲ Grammar: "要 ... 了" indicates something is happening soon.

② yì xiē
一些 some

③ jù
具 tool　wán jù 玩具 toy　wén jù 文具 stationery

wǒ hé dì di dōu xiǎng mǎi yì xiē wén jù
我和弟弟都想買一些文具。

④ qiān
鉛（铅）lead (in a pencil)　qiān bǐ 鉛筆 pencil　qiān bǐ hé 鉛筆盒 pencil case

⑤ dāo
刀 knife　juǎn bǐ dāo 捲（卷）筆刀 pencil sharpener

⑥ jiàn
件 document　wén jiàn 文件 document

⑦ jiā
夾（夹）clip; folder　wén jiàn jiā 文件夾 file; folder

⑧ liàn xí
練習 exercise; practice　liàn xí běn 練習本 exercise-book

⑨ běn
本 a measure word (used for books and magazines)　yì běn tǐ yù zá zhì 一本體育雜誌

⑩ qí zhōng
其中 among (which / whom)

⑪ gù
顧（顾）call on　gù kè 顧客 customer

⑫ suǒ yǒu
所有 all

⑬ pǐn
品 article; product　shāng pǐn 商品 goods

⑭ jiǎn
減（减）reduce

⑮ jià
價（价）price　jiǎn jià 減價 reduce the price　bàn jià 半價 half-price　jià qián 價錢 price

⑯ qiǎo
巧 coincidentally

⑰ wèi le
為了 in order to

⑱ xī
吸 attract

⑲ yǐn
引 attract　xī yǐn 吸引 attract

hěn qiǎo zhè liǎng ge xīng qī wèi le xī yǐn gù kè wén jù diàn li suǒ yǒu de shāng pǐn dōu zài jiǎn jià
很巧，這兩個星期，為了吸引顧客，文具店裏所有的商品都在減價。

⑳ zhé
折 discount　dǎ zhé 打折 give a discount

㉑ zhì
至 go as far as

yì xiē wén jù dǎ jiǔ zhé hái yǒu yì xiē dī zhì wǔ zhé
一些文具打九折，還有一些低至五折。

㉒ qí
齊（齐）all ready

㉓ quán
全 complete　qí quán 齊全 complete　dà zhōngwén jù diàn de shāng pǐn hěn qí quán 大中文具店的商品很齊全。

㉔ shòu
售 sell　shòu huò yuán 售貨員 shop assistant; salesperson

結構：我們一共花了不到三百塊錢。

我走路上學，路上大約要用一刻鐘。

我們學校有一百多位老師。

北京的春天氣溫在十五度左右。

①

測驗
得
多

②

上班
大約
用

③

生病
不到
睡覺

④

每天晚上
左右
做作業

7 看圖説話

文具店裏所有的商品都在減價。一些文具打九折，還有一些半價。練習本現在打八折，……

相框
七折

小説
八折

捲筆刀
半價

雜誌
九折

練習本
八折

鉛筆盒
半價

20

8 角色扮演

情景 你去文具店買文具。

例子：

你：這種鉛筆盒多少錢？

鉛筆盒
￥12.00
七折

售貨員：所有的文具都在減價。這種鉛筆盒
打七折，打完折以後八塊四。

練習本
￥4.00
六五折

你：真便宜！我要買一個。練習本多少錢？

售貨員：如果你買五本，可以打六五折。打
完折以後每本兩塊六。

橡皮
￥1.20
九折

捲筆刀
￥2.40
半價

你：那我買十個練習本。

售貨員：還買別的嗎？

……

鋼筆
￥45.00
八折

尺子
￥2.80
半價

你：一共多少錢？

……

9 聽課文錄音，回答問題

1) 大中文具店的商品為什麼要減價？

2) 大中文具店離他家遠嗎？

3) 他今天是跟誰一起去文具店的？

4) 他在文具店買了什麼？

5) 他弟弟買了什麼？

6) 玩具汽車今天打幾折？

7) 他們一共花了多少錢？

8) 他為什麼喜歡大中文具店？

　　新學期要開始了。我和弟弟都想買一些文具。很巧，這兩個星期，為了吸引顧客，我家附近的大中文具店裏所有的商品都在減價。一些文具打九折，還有一些低至五折。

　　媽媽今天帶我和弟弟去那裏買文具。我買了兩枝鉛筆、幾個文件夾和一本體育雜誌。弟弟買了一個捲筆刀、一個鉛筆盒和幾個練習本。其中，練習本最便宜，一本只要一塊錢。弟弟還買了兩輛玩具汽車。那種玩具汽車今天半價，非常便宜。買這些東西我們一共花了不到三百塊錢。

　　大中文具店的商品很齊全，價錢也不貴，售貨員還很友好。我非常喜歡這家文具店。

10 角色扮演

情景 你帶一個新同學去學校的文具店／校服店買文具／校服。編一個對話。新同學可以用下面的問題。

1) 學校的文具店在哪兒？

2) 文具店每天幾點開門(kāi mén)？幾點關門(guān mén)？

3) 那裏賣什麼？

4) 那裏賣的東西貴嗎？一枝自動(zì dòng)鉛筆(qiān bǐ)多少錢？

5) 那裏的文具會打折嗎？一般什麼時候打折？最低能打幾折？

6) 那裏的文具質量好嗎？

7) 你的文具是在那裏買的嗎？你最近去那裏買東西了嗎？你買了什麼？

你可以用

a) 我們學校有文具店，也有校服店。

b) 文具店和校服店每天上午八點半開門，下午兩點關門。

c) 那裏的售貨員是家長(jiā zhǎng)。他們都很友好。

d) 文具店賣各種筆，有鋼筆(gāng bǐ)、自動鉛筆、彩色筆(cǎi sè bǐ)。

e) 文具店還賣鉛筆盒、練習本、日記本(rì jì běn)、畫圖本(huà tú běn)、卡(kǎ)片(piàn)、文件夾、捲筆刀、橡皮、尺子、計算器等等。

f) 校服店賣校服，有外套(wài tào)、襯衫、毛衣、長褲、裙子、運動服和游泳衣。

g) 那裏的文具一般不打折。

h) 那裏的文具質量挺好的。

i) 我最近去那裏買了兩個文件夾。

11 用所給結構及詞語看圖説話

結構：新學期要開始了。我們去買文具吧！

① 開學
  買校服

② 吃飯
  洗手

③ 下雨
  回家

④ 漢語考試
  複習

12 用所給結構完成句子

結構：為了吸引顧客，文具店裏所有的商品都在減價。

1) 為了去中國工作，哥哥 ＿＿＿＿＿＿＿＿＿＿＿＿＿＿＿ 。

2) 為了考試得高分，姐姐 ＿＿＿＿＿＿＿＿＿＿＿＿＿＿＿ 。

3) 為了參加學校的樂隊，＿＿＿＿＿＿＿＿＿＿＿＿＿＿＿ 。

4) ＿＿＿＿＿＿＿＿＿＿＿＿＿＿＿，鞋店所有的運動鞋都打六折。

5) ＿＿＿＿＿＿＿＿＿＿＿＿＿＿＿，媽媽給他請了一個物理家教。

6) ＿＿＿＿＿＿＿＿＿＿＿＿＿＿＿，我今天沒有吃午飯。

13 口頭報告

要求 介紹你經常去的一家超市／商場。

- 超市／商場的名字、地<ruby>址<rt>dì zhǐ</rt></ruby>
- 那裏賣什麼
- 那裏的商品質量怎麼樣，貴不貴
- 為什麼你經常去那裏買東西

例子：

　　我家附近有一家大超市，叫"百興超市"。我和媽媽每個週末都去那裏買東西。

　　百興超市的商品很齊全，有文具、服裝、<ruby>電器<rt>diàn qì</rt></ruby>、<ruby>食品<rt>shí pǐn</rt></ruby>等等。我們家所有的電器都是在那裏買的。我們還常常去那裏買水果。那裏的水果特別……

　　我和媽媽都喜歡去那裏買東西，因為那裏的東西質量不錯，價錢也不貴。超市差不多每天都有商品打折，有些低至六折。

　　……

你可以用

a) 我們經常去海港商場買東西。這個商場離我家不遠，開車一刻鐘就到了。

b) 這個商場很大，有四層。商場裏有一百多家商店。

c) 吃的、用的，我們都在這個商場買。

d) 商場裏有一家花店。我媽媽每兩個星期去那裏買一次花。那裏的花都特別漂亮，但是價錢不便宜。

e) 商場裏有一家大超市。我們每個星期都去那裏買東西。他們有<ruby>送貨<rt>sòng huò</rt></ruby>服務，特別方便。

商場

超市

第三課 買禮物

❶ **xiǎo jiě** 小姐 Miss (a respectful term of address for a young woman)

❷ **wài tào** 外套 coat   ❸ **huán** 環（环）ring; loop   **ěr huán** 耳環 earrings

❹ **shì** 試 try   **shì yī jiān** 試衣間 fitting room   ❺ **kuǎn** 款 style   **kuǎn shì** 款式 style

❻ **chǐ** 尺 chi, a unit of length (1/3 metre)   ❼ **cùn** 寸 cun, a unit of length (1/30 metre)   **chǐ cùn** 尺寸 size

mā ma chuān mǎ de wǒ men liǎ de chǐ cùn yí yàng
媽媽穿 12 碼的。我們倆的尺寸一樣。

❽ **yǒu xiē** 有些 some   ❾ **hé** 合 suit   ❿ **shì** 適（适）suit   **hé shì** 合適 suitable   **zhè jiàn wài tào hé shì ma** 這件外套合適嗎？

shì hé 適合 suit   **yǒu xiē kuǎn shì de ěr huán bú shì hé mā ma dài**
有些款式的耳環不適合媽媽戴。

⓫ **zuì hǎo** 最好 had better   ⓬ **bié** 別 don't   **wǒ men zuì hǎo bié gěi mā ma mǎi yī fu** 我們最好別給媽媽買衣服。

⓭ **yào** 要 need; should   **jiě bú yào mǎi zhè jiàn** 姐，不要買這件！

> ▲ **Grammar: a)** "不要" means "don't".
> **b)** "不要買" is the same as "別買".

⓮ **dìng** 定 determined   **yí dìng** 一定 certainly   **zhè zhǒng kuǎn shì tā yí dìng xǐ huan** 這種款式她一定喜歡。

⓯ **fù** 付 pay   ⓰ **xiàn jīn** 現金 cash

⓱ **tuì** 退 return   ⓲ **huàn** 換 exchange   **tuì huàn** 退換 exchange a purchase

ěr huán xiàn zài dǎ jiǔ zhé dàn shì bù néng tuì huàn
耳環現在打九折，但是不能退換。

⓳ **dāng rán** 當（当）然 of course   **dāng rán kě yǐ** 當然可以。

⓴ **mín** 民 the people   **rén mín** 人民 the people   ㉑ **gǎng** 港 (short for) Hong Kong

㉒ **bì** 幣（币）money; currency   **rén mín bì** 人民幣 RMB, Chinese currency   **gǎng bì** 港幣 Hong Kong dollar

1 用所給結構及詞語看圖說話

結構：不要買這件！太貴了。　　別給媽媽買衣服！

①
買
質量

②
打籃球
熱

③
游泳
冷

④
穿
款式

2 角色扮演

情景　你去買 T 恤衫。

例子：

你：我想試試這件 T 恤衫。

售貨員：好。這是今年的新款，還有
　　　　灰色的和棕色的。你穿多大
　　　　號的？

你：我穿中號的。

售貨員：合適嗎？

你：這個款式挺適合我的，質量也不
　　錯，但是太貴了。

售貨員：沒關係。您再看看其他衣服吧。

小任務　去買牛仔短褲。

￥168.00

3 用所給結構及詞語看圖説話

結構：我們最好別給媽媽買衣服，因為我們買的衣服可能不合適。

 ①  爸爸 合適

② 姐姐 款式

③  媽媽 顏色

④  妹妹 尺寸

4 角色扮演

情景 你跟朋友去買毛衣。

例子：

你：現在這款毛衣打八折，買兩件 可以再打九折。

朋友：你要不要去試穿一下？

你：好。挺適合我的。

朋友：多少錢一件？

你：打完折以後……。我想買兩件。

朋友：打折商品不能退換。你要 想好了。

你：……

小任務 　跟朋友去買耳環 / 運動鞋。

¥76.00 九五折

¥315.00 九折

¥58.00 八折

¥280.00 八五折

課文 1 🎧 10

1

小姐，我想試試那件wài tào外套。

好。這是今年的新kuǎn款，還有其他顏色的。請問，你穿多大碼的？

這是給我媽媽買的。她穿 12 碼的。我們倆的chǐ cùn尺寸一樣。我想試一下藍色的。

好。shì yī jiān試衣間在那邊。hé shì合適嗎？

挺不錯的。多少錢？

九百八十塊。

姐，不yào要買這件！太貴了，kuǎn shì款式也不好看。我們zuì hǎo bié最好別給媽媽買衣服。

2

我看看這副ěr huán耳環。

好。你可以試戴一下。很shì hé適合你。

這是給我媽媽買的。yǒu xiē有些款式的耳環不適合媽媽戴，但是這種款式她yí dìng一定喜歡。

耳環現在打九折，但是要fù xiàn jīn付現金，也不能tuì huàn退換。

好吧。我可以付rén mín bì人民幣嗎？

dāng rán當然可以。如果付gǎng bì港幣是兩百四十塊，如果付人民幣是兩百塊。

5 小組活動

要求 上網查這些國家的貨幣。

 ①

人民幣

 ②

 ③

 ④

 ⑤

 ⑥

 ⑦

 ⑧

 ⑨

 ⑩

 ⑪

 ⑫

6 角色扮演

情景 你去買皮鞋。

例子：

你：小姐，我想試穿一下這雙皮鞋。

售貨員：好。我們還有其他顏色的。你
穿多大碼的？

你：42 碼。

售貨員：請等一等，我去拿。……

你：款式不錯，但是有點兒貴。

售貨員：這雙鞋可以打九折，但是要付
現金，也不能退換。

你：行。那我買一雙吧。

小任務

去商場買東西。

生詞 2 11

❶ 母 mǔ mother　母親 mǔ qīn mother
❷ 節 jié festival　母親節 mǔ qīn jié Mother's Day

❸ 商 shāng discuss　商量 shāngliang discuss

❹ 送 sòng give as a present
❺ 禮物 lǐ wù present; gift　我和姐姐商量應該送媽媽什麼禮物。(wǒ hé jiě jie shāng liang yīng gāi sòng mā ma shén me lǐ wù)

❻ 看中 kàn zhòng settle on
❼ 絲（丝）sī silk　真絲 zhēn sī pure silk　我們看中了一條真絲圍巾。(wǒ men kàn zhòng le yì tiáo zhēn sī wéi jīn)

❽ 夠 gòu enough　因為錢不夠，所以沒有買。(yīn wèi qián bú gòu, suǒ yǐ méi yǒu mǎi)

❾ 後來 hòu lái afterwards
❿ 逛 guàng stroll　後來，我們又逛了好幾家商店。(hòu lái, wǒ men yòu guàng le hǎo jǐ jiā shāngdiàn)

⓫ 着 zháo feel
⓬ 急 jí anxious　着急 zháo jí feel anxious　我們都有點兒着急。(wǒ men dōu yǒu diǎnr zháo jí)

⓭ 香 xiāng fragrant　香水 xiāng shuǐ perfume　一瓶香水 (yì píng xiāng shuǐ)

⓮ 鮮（鲜）xiān fresh　鮮花 xiān huā fresh flowers

⓯ 束 shù bunch; a measure word (used for flowers)　一束鮮花 (yí shù xiān huā)

⓰ 端 duān carry with both hands

⓱ 糕 gāo cake; pastry　蛋糕 dàn gāo cake
⓲ 點 diǎn light

⓳ 蠟（蜡）là candle
⓴ 燭（烛）zhú candle　蠟燭 là zhú candle　爸爸端出了生日蛋糕，點亮了蠟燭。(bà ba duānchū le shēng rì dàngāo, diǎnliàng le là zhú)

㉑ 拿 ná take　我和姐姐拿出了給媽媽的禮物。(wǒ hé jiě jie ná chū le gěi mā ma de lǐ wù)
㉒ 接 jiē receive

㉓ 地 de a particle　媽媽高興地接過禮物。(mā ma gāo xìng de jiē guò lǐ wù)

> **Grammar: Here "高興" is used to modify the verb "接". "地" must be used.**

㉔ 感動 gǎn dòng touched emotionally　媽媽感動地說她今天過了一個快樂的生日。(mā ma gǎn dòng de shuō tā jīn tiān guò le yí ge kuài lè de shēng rì)

7 用所給結構及詞語看圖説話

結構：媽媽感動地説："我特別喜歡你們送的禮物。"

①

媽媽　女兒

高興
花

②

弟弟　售貨員

着急
不夠

③

小月　老師

開心
考試

④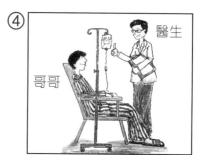

哥哥　醫生

感動
謝謝

8 小組比賽

要求 在規定的時間裏寫出量詞。

1) 一 ＿＿＿ 中學 　　2) 一 ＿＿＿ 香水 　　3) 一 ＿＿＿ 文具店

4) 一 ＿＿＿ 老師 　　5) 一 ＿＿＿ 墨水 　　6) 一 ＿＿＿ 捲筆刀

7) 一 ＿＿＿ 尺子 　　8) 一 ＿＿＿ 毛筆 　　9) 一 ＿＿＿ 襪子

10) 一 ＿＿＿ 橡皮 　　11) 一 ＿＿＿ 外套 　　12) 一 ＿＿＿ 電影

13) 一 ＿＿＿ 鉛筆 　　14) 一 ＿＿＿ 長褲 　　15) 一 ＿＿＿ 漢語課

16) 一 ＿＿＿ 耳環 　　17) 一 ＿＿＿ 酒店 　　18) 一 ＿＿＿ 鉛筆盒

19) 一 ＿＿＿ 圍巾 　　20) 一 ＿＿＿ 雜誌 　　21) 一 ＿＿＿ 計算器

22) 一 ＿＿＿ 帽子 　　23) 一 ＿＿＿ 手套 　　24) 一 ＿＿＿ 病假條

25) 一 ＿＿＿ 鮮花 　　26) 一 ＿＿＿ 皮鞋 　　27) 一 ＿＿＿ 文件夾

9 用所給問題編對話

1) 去年的母親節你給媽媽買了什麼禮物？花了多少錢？媽媽喜歡你送的禮物嗎？

2) 今年的母親節是幾月幾號？你打算怎麼為媽媽過母親節？

3) 今年的母親節，你們會帶媽媽去飯店吃飯嗎？會去哪家飯店？吃什麼？為什麼去那家飯店？

4) 今年的母親節你打算給媽媽買什麼禮物？為什麼？

5) 你媽媽的生日是幾月幾號？今年你打算怎麼為媽媽過生日？你打算給她買什麼禮物？

10 聽課文錄音，回答問題

1) 媽媽的生日是幾月幾號？

2) 放學以後，他和姐姐去了哪兒？

3) 他們為什麼沒買真絲圍巾？

4) 他們為什麼有點兒着急？

5) 他們最後給媽媽買了什麼禮物？

6) 爸爸是什麼時候端出生日蛋糕的？

7) 他們為媽媽唱了什麼歌？

8) 他們是什麼時候送媽媽禮物的？

五月十一日　　　　　　　　　　　　　　　　　　晴

　　今天是媽媽的生日，很巧，今天也是母親節。我和姐姐一個星期以前就開始商量應該送媽媽什麼禮物了。

　　今天我和姐姐一放學就去商場買禮物了。我們看中了一條真絲圍巾，但是錢不夠，所以沒有買。後來，我們又逛了好幾家商店，但是沒有找到合適的禮物。我們都有點兒着急。最後，我們在百貨公司買了一副耳環和一瓶香水，又在花店買了一束鮮花。

　　吃完晚飯以後，爸爸端出了生日蛋糕，點亮了蠟燭。我們一起唱了生日歌。唱完歌以後，我和姐姐拿出了給媽媽的禮物。媽媽高興地接過禮物，感動地說她今天過了一個快樂的生日和快樂的母親節。

11 角色扮演

情景 你和朋友聊怎麼為爸爸媽媽過生日。

例子：

你：我每年都送爸爸媽媽生日禮物。

朋友：我也是。你一般送爸爸什麼禮物？

你：我爸爸特別喜歡看書，所以我每次
　　都給他買書。

朋友：你送媽媽什麼？

……

你：你今年打算怎麼為媽媽過生日？

朋友：……

12 用所給詞語填空

你可以用

a) 出　進　過　　b) 好　亮　　c) 二十分鐘　一個小時　　d) 快　高　瘦

1) 我每天都讀 ＿＿＿＿＿＿ 書。

2) 爸爸點 ＿＿＿＿＿＿ 了蠟燭。

3) 我們先休息了 ＿＿＿＿＿＿ 。

4) 她跑得很 ＿＿＿＿＿＿ 。

5) 哥哥端 ＿＿＿＿＿＿ 了生日蛋糕。

6) 我們說 ＿＿＿＿＿＿ 一起去看一部新電影。

7) 我們家搬 ＿＿＿＿＿＿ 了一幢洋房。

8) 弟弟不愛吃東西，所以他長得很 ＿＿＿＿＿＿ 。

9) 他長得不太 ＿＿＿＿＿＿ 。

10) 姐姐高興地接 ＿＿＿＿＿＿ 了禮物。

跑上

跑下

走進

走出

情景 你上網給媽媽訂生日蛋糕。

例子：

售貨員：你好！美心蛋糕店。

你：你好！我想買一個生日蛋糕。我想買你們<ruby>網站<rt>wǎng zhàn</rt></ruby>上15號的蛋糕。請在蛋糕上寫上"祝媽媽生日快樂！"

售貨員：好。你<ruby>希望<rt>xī wàng</rt></ruby>我們什麼時候送蛋糕？

你：明天上午十點以前，可以嗎？

售貨員：沒問題。你家住在哪兒？你的手機號碼是多少？

你：我家住在中興路96號302室。我的手機號碼是13687604528。

售貨員：你怎麼付錢？

你：我收到蛋糕以後付現金。

售貨員：好的。再見！

你：再見！

你可以用

a) 你想買什麼花？買<ruby>幾枝<rt>zhī</rt></ruby>？

b) 我想買一個<ruby>花籃<rt>huā lán</rt></ruby>，裏面要有<ruby>百合花<rt>bǎi hé huā</rt></ruby>、<ruby>玫瑰花<rt>méi gui huā</rt></ruby>和<ruby>康乃馨<rt>kāng nǎi xīn</rt></ruby>。

c) 我想買一束<ruby>鬱金香<rt>yù jīn xiāng</rt></ruby>，要二十枝。

d) 你們今天下午送到我家，可以嗎？

e) 我晚上自己去拿。

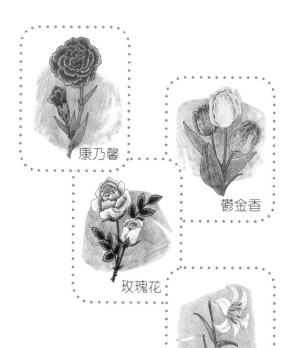

康乃馨

鬱金香

玫瑰花

百合花

小任務

給花店打電話，為媽媽買一束鮮花。

14 口頭報告

要求 說一說你去年是怎麼給爸爸過生日／父親節的。你給他買了什麼禮物，那天是怎麼過的。

例子：

十月六號是爸爸的生日。那天放學以後，我跟兩個朋友去商場給爸爸買禮物。我們逛了好幾家商店，都沒有找到合適的禮物。後來，在一家服裝店，我看中了一件藍色的襯衫，但是太貴了，我的錢不夠。我的朋友看中了一頂網球帽。雖然價錢挺便宜的，但是質量不太好，所以我也沒買。最後，我買了一輛玩具汽車，因為爸爸非常喜歡汽車。

晚上吃飯的時候，我拿出了給爸爸的生日禮物。爸爸笑着說：「這是不是給你自己的禮物？」大家都笑了。

你可以用

a) 去年的父親節，我給爸爸買了一件足球衫，因為爸爸喜歡踢足球。

b) 去年爸爸的生日，我給他買了一個相框。

c) 今年的父親節，我給爸爸買了一個手機套。

d) 今年的父親節，我們沒有去飯店吃飯。我們是在家裏給爸爸過父親節的。我們做了很多菜，有蒸魚、炒菜、雞湯等等。

e) 今年，我們打算租一條船，在船上給爸爸過生日。

f) 今年爸爸生日那天他正巧在出差。我和媽媽給他打了電話，還寄了電子生日卡。

第四課　我的親戚

① 飛行員 fēi xíng yuán pilot　　**②** 世 shì world　　**③** 界 jiè bounds　世界 shì jiè world

④ 國家 guó jiā country　他是不是去過世界上所有的國家？
tā shì bu shì qù guo shì jiè shang suǒ yǒu de guó jiā

> **Grammar: a) Sentence Pattern: Subject + 是不是 + Verb Phrase**
> **b) This structure is used to confirm something.**

⑤ 洲 zhōu continent　　**⑥** 亞（亚）yà (short for) Asia　亞洲 yà zhōu Asia　　**⑦** 歐（欧）ōu (short for) Europe　歐洲 ōu zhōu Europe

⑧ 美洲 měi zhōu American Continent　　**⑨** 南 nán south　南美洲 nán měi zhōu South America

⑩ 北 běi north　北美洲 běi měi zhōu North America　　**⑪** 非 fēi (short for) Africa　非洲 fēi zhōu Africa　南非 nán fēi South Africa

⑫ 洋 yáng ocean　大洋洲 dà yángzhōu Oceania

⑬ 包 bāo include　　**⑭** 括 kuò include　包括 bāo kuò include

⑮ 濟（济）jì aid; help　經濟 jīng jì economy　　**⑯** 艙（舱）cāng cabin　經濟艙 jīng jì cāng (of ship or airplane) economy class

⑰ 等 děng class; grade　頭等 tóu děng first class　頭等艙 tóu děngcāng first-class cabin　　**⑱** 安 ān safe　安全 ān quán safe

⑲ 其實 qí shí actually　　**⑳** 不用 bú yòng no need　其實不用擔心，坐飛機挺安全的。
qí shí bú yòng dān xīn　zuò fēi jī tǐng ān quán de

㉑ 習 xí be accustomed to　　**㉒** 慣（惯）guàn be accustomed to　習慣 xí guàn be accustomed to

㉓ 工程 gōng chéng engineering　工程師 gōng chéng shī engineer

㉔ 國外 guó wài abroad　　**㉕** 旅 lǚ travel　旅行 lǚ xíng travel　旅遊 lǚ yóu tour　我們家不常去國外旅遊。
wǒ men jiā bù cháng qù guó wài lǚ yóu

㉖ 理想 lǐ xiǎng aspiration　　**㉗** 當 dāng work as　我的理想是長大以後當飛行員。
wǒ de lǐ xiǎng shì zhǎng dà yǐ hòu dāng fēi xíngyuán

㉘ 哪兒 nǎr wherever　我哪兒都可以去。
wǒ nǎr dōu kě yǐ qù

> **Grammar: This structure emphasizes on "no exception". "都" must be used.**

1 用所給結構完成對話

結構：A: 今天很冷，你要多穿衣服。

B: 不用多穿衣服，我不覺得冷。

1) A: 你總是咳嗽，要去醫院看看。

B: _____

2) A: 你要穿連衣裙參加生日會。

B: _____

3) A: 你今天晚上要早點兒睡覺。

B: _____

4) A: 你感冒了，要吃點兒藥。

B: _____

2 小組活動

要求 在地圖上找到這些國家。

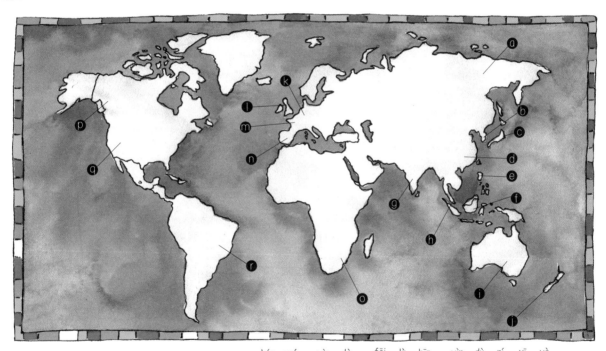

亞洲：中國 新加坡 日本 韓國 印度(hán guó) 菲律賓(yìn dù) 印度尼西亞(fēi lù bīn)(yìn dù ní xī yà)

歐洲：英國 德國 法國 俄羅斯 西班牙

美洲：美國 加拿大(jiā ná dà) 巴西(bā xī)

大洋洲：澳大利亞(ào dà lì yà) 新西蘭(xīn xī lán)

非洲：南非

結構：誰都可以參加。
　　　whoever

我哪部電影都想看。
　　　whichever

你吃多少都可以。
　　　any number (quantity)

我哪兒都想去。
　　　wherever

你送什麼都可以。
　　　whatever

你幾點去都可以。
　　　any number (quantity)

① 　哪
　　　　想參加

② 　哪兒
　　　　不想去

③ 　誰
　　　　會做

④ 　哪
　　　　會畫

⑤ 　哪
　　　　喜歡學

⑥ 　多少
　　　　可以

⑦ 　幾點
　　　　行

⑧ 　什麼
　　　　愛吃

課文1 14

聽說你爸爸是飛行員（fēi xíng yuán）。他是不是去過世界（shì jiè）上所有的國家（guó jiā）？

當然沒有，但是他去過亞洲（yà zhōu）、歐洲（ōu zhōu）、非洲（fēi zhōu）、北美洲（běi měi zhōu）、南美洲（nán měi zhōu）和大洋洲（dà yáng zhōu）的一些國家。他到過的國家包括（bāo kuò）中國、法國、美國、南非（nán fēi）等等。

你坐過他開的飛機嗎？

坐過。在他的飛機上，我坐過經濟艙（jīng jì cāng），也坐過頭等艙（tóu děngcāng）。

他開飛機你會擔心嗎？

不會。其實不用擔心（qí shí bú yòng），坐飛機挺安全（ān quán）的。

你媽媽會擔心嗎？

她有時候會擔心，但差不多已經習慣（xí guàn）了。我們下個星期又要坐爸爸的飛機去美國旅行（lǚ xíng）了。

真好！我爸爸是工程師（gōngchéng shī），從來都不出差。我們家也不常去國外（guó wài）旅遊（lǚ yóu）。我的理想（lǐ xiǎng）是長大以後當（dāng）飛行員，哪兒（nǎr）都可以去。

4 根據實際情況回答問題

1) 你今天是不是沒吃早飯？

2) 你今天是不是沒帶手機？

3) 你是不是沒去過西安？

4) 你是不是很喜歡打高爾夫球？

5) 你長大以後是不是想當飛行員？

6) 你今年暑假是不是要去國外旅遊？

5 用所給問題編對話

1) 你喜歡旅遊嗎？你假期一般去哪裏旅遊？

2) 你去過亞洲的哪些國家？你最喜歡哪個國家？為什麼？

3) 你去過中國嗎？去過幾次？去過哪裏？
你在中國待了多長時間？你在中國的時
候天氣怎麼樣？

4) 你今年暑假打算去哪裏旅行？你會跟誰
一起去？會去幾天？

5) 你喜歡坐飛機旅遊還是坐火車旅遊？你
覺得坐飛機安全嗎？你經常坐火車嗎？

miǎndiàn
緬甸

日本

新加坡

生詞 2 15

① 戚 relative qī　親戚 relative qīn qi　**②** 內地 Mainland China nèi dì

③ 有的 some yǒu de

wǒ yǒu hěn duō qīn qi　yǒu de zhù zài xiāng gǎng　yǒu de zhù zài nèi dì　hái yǒu de zhù zài guó wài
我有很多親戚，有的住在香港，有的住在內地，還有的住在國外。

Grammar: a) Pattern: 有的 ..., 有的 ..., 還有的 ....
b) This structure is used for listing.

④ 見面 meet; see jiàn miàn

wǒ jīng cháng gēn tā men jiàn miàn
我經常跟他們見面。

Grammar: Pattern: ... 跟 ... 見面

⑤ 伯 father's elder brother bó　大伯 father's eldest brother dà bó　伯母 wife of father's elder brother bó mǔ

⑥ 姑（姑）father's sister gū gu　**⑦** 夫 husband fū　姑夫 husband of father's sister gū fu

⑧ 丈 form of address of certain male relatives by marriage zhàng　丈夫 husband zhàng fu

⑨ 妻 wife qī　妻子 wife qī zi　**⑩** 嬸（婶）（嬸）wife of father's younger brother shěn shen

⑪ 姨媽 (married) mother's sister yí mā　姨夫 husband of mother's sister yí fu　小姨 mother's youngest sister xiǎo yí

⑫ 舅（舅）mother's brother jiù jiu　舅媽 wife of mother's brother jiù mā

⑬ 孩 child hái　孩子 child hái zi　**⑭** 兒子 son ér zi　**⑮** 女兒 daughter nǚ ér

⑯ 堂 cousins having the same family name táng　堂哥、堂弟 sons of father's brothers táng gē táng dì

⑰ 表 cousins having different family names biǎo　表姐、表妹 daughters of mother's siblings and father's sisters biǎo jiě biǎo mèi

⑱ 去世 pass away qù shì　我爺爺去年去世了。 wǒ yé ye qù nián qù shì le

⑲ 結（结）associate jié　**⑳** 婚 marriage hūn　婚禮 wedding hūn lǐ　結婚 marry; get married jié hūn　我叔叔快要結婚了。 wǒ shū shu kuài yào jié hūn le

㉑ 未 not yet wèi　未來 future wèi lái　他未來的妻子是中文老師。 tā wèi lái de qī zi shì zhōng wén lǎo shī

㉒ 演 perform yǎn　演員 actor; actress yǎn yuán

6 讀一讀

爸爸的爸爸是爺爺，
爸爸的媽媽是奶奶。
爸爸的哥哥是伯伯，
爸爸的弟弟是叔叔，
爸爸的姐妹是姑姑。

媽媽的爸爸是外公，
媽媽的媽媽是外婆。
媽媽的兄弟是舅舅，
媽媽的姐妹是阿姨。
我們是快樂的一家！

7 學一學，然後畫出你家的家譜

8 用所給結構及詞語看圖説話

A. 結構：我有很多親戚，有的住在香港，有的住在內地，還有的住在國外。

①
朋友
中國人
美國人
日本人

②
公園
看書
跑步
踢足球

B. 結構：我經常跟他們見面。我們有時候一起去國外旅行。

①
父母
旅行
暑假

②
未來的嬸嬸
漢語老師
説漢語

嬸嬸　　　　叔叔

9 聽課文錄音，回答問題

1) 他的親戚住在哪兒？

2) 他大伯有幾個孩子？

3) 他叔叔未來的妻子做什麼工作？

4) 他媽媽有幾個兄弟姐妹？

5) 他舅舅是什麼時候結婚的？

6) 他舅舅有孩子嗎？

7) 他小姨什麼時候結婚？

8) 他明年要參加誰的婚禮？

我有很多親戚，有的住在香港，有的住在內地，還有的住在國外。我經常跟他們見面。

　　我爺爺去年去世了。我爸爸家現在有奶奶、大伯、叔叔和姑姑。大伯和伯母有兩個兒子，是我堂哥和堂弟。姑姑和姑夫有兩個女兒，是我表姐和表妹。我叔叔快要結婚了。他未來的妻子是中文老師。我以後可以跟嬸嬸說漢語。

　　我媽媽家有外公、外婆、姨媽、小姨和舅舅。姨媽和姨夫有兩個孩子，是我表姐和表妹。我舅舅是去年結婚的。舅舅和舅媽還沒有孩子。我小姨明年六月結婚。聽說她未來的丈夫是演員。我還沒見過他。

　　明年我要參加兩個婚禮，一個是叔叔的，一個是小姨的。

10 口頭報告

要求 介紹一下你的親戚。

例子：

　　我媽媽家的親戚不多，但是我爸爸家有很多親戚。

　　我爺爺去年去世了。我奶奶現在一個人住在上海。我爸爸有三個兄弟姐妹。我有一個姑姑，一個大伯和一個叔叔。我姑姑和姑夫有一個兒子。我大伯……

　　我媽媽家的親戚有的住在上海，有的住在北京，……

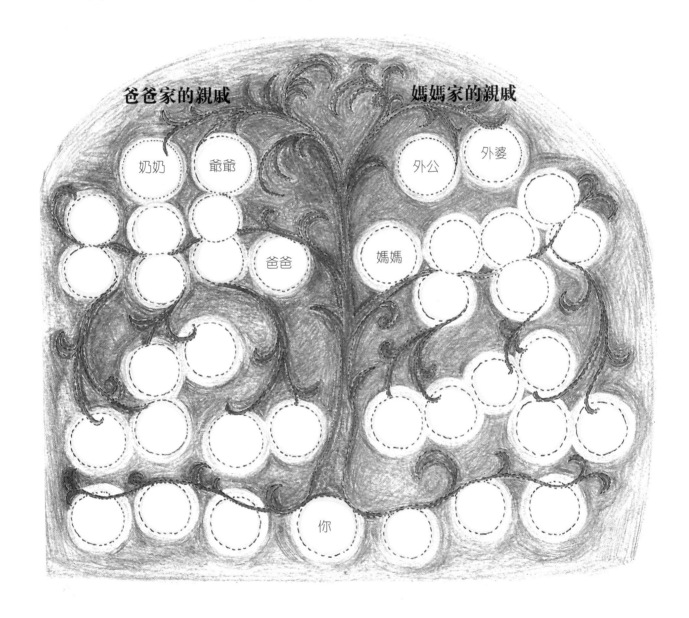

爸爸家的親戚　　　　　　媽媽家的親戚

奶奶　爺爺　　　　外公　外婆

爸爸　　　媽媽

你

11 用所給結構及詞語寫句子

例子：我叔叔快要結婚了。明年我要參加他的婚禮。

① 放暑假　旅遊

② 開學　買文具

③ 生日　生日會

④ 母親節　禮物

12 用所給問題編對話

1) 在你的親戚中，你最喜歡誰？

2) 他/她是哪國人？他/她會說什麼語言？他/她現在住在哪兒？

3) 他/她做什麼工作？他/她工作忙嗎？他/她經常出差嗎？

4) 他/她結婚了嗎？他妻子/她丈夫是哪國人？他們有孩子嗎？他們有幾個孩子？他們的孩子多大？上幾年級？

5) 你常常給他/她發電郵嗎？你常常給他/她打電話嗎？

6) 你經常跟他/她見面嗎？你們一般什麼時候見面？你們最近見面了嗎？是什麼時候見面的？你們一起做了什麼？

13 口頭報告

要求 介紹你的爸爸／媽媽。

- 在哪兒出生、長大
- 國籍、語言
- 工作
- 長相
- 愛好

例子：

　　我來介紹一下我爸爸。

　　我爸爸是美國華人。他是在英國出生，在美國長大的。他在香港和北京工作過，所以除了英語，他還會說漢語。

　　我爸爸現在在一家銀行工作。他經常去外國出差，比如歐洲的英國、德國和法國，美洲的加拿大，大洋洲的澳大利亞和新西蘭。他還經常去亞洲出差。他去年去了中國、新加坡和日本。

　　我爸爸長得高高的、瘦瘦的。他有棕色的短髮、小眼睛、高鼻子和大嘴巴。

　　我爸爸有很多愛好。他喜歡打籃球和跑步。他每天早上都跑一個小時步。除了運動以外，他還喜歡看書，他特別喜歡看小說。

第五課　做家務

生詞 1

① fù
父 father　　fù mǔ
父母 parents

② zhào
照 take care of　　③ gù
顧 take care of　　zhào gù
照顧 look after　　wǒ fù mǔ gōng zuò tè bié máng　méi yǒu shí jiān zhào gù wǒ
我父母工作特別忙，沒有時間照顧我。

④ yán（严）
嚴（严）strict　　yán gé
嚴格 strict　　qí shí　yí mā duì wǒ tǐng yán gé de
其實，姨媽對我挺嚴格的。

▲ Grammar: Pattern: 對 ... 嚴格

⑤ pí
脾 spleen　　pí qi
脾氣 temper

⑥ nài
耐 be able to endure　　nài xīn
耐心 patience　　tā de pí qi hěn hǎo　hěn yǒu nài xīn
她的脾氣很好，很有耐心。

⑦ shēng qì
生氣 get angry　　tā cóng lái dōu bù shēng qì
她從來都不生氣。

⑧ shàn
善 good　　⑨ liáng
良 good　　shàn liáng
善良 kind-hearted　　⑩ lè yì
樂意 be willing to; be ready to

⑪ bié rén
別人 other people

⑫ bāng（帮）
幫（帮）help　　⑬ zhù
助 help　　bāng zhù
幫助 help　　tā fēi cháng shàn liáng　lè yì bāng zhù bié rén
她非常善良，樂意幫助別人。

⑭ xìng
性 character　　xìng gé
性格 character　　wǒ xǐ huan tā de xìng gé
我喜歡她的性格。

⑮ lì
立 exist; live　　dú lì
獨立 independent

⑯ yuè lái yuè
越來越 become more and more　　wǒ yuè lái yuè dú lì le
我越來越獨立了。

▲ Grammar: Pattern: 越来越 + Adjective + 了

⑰ jiā wù
家務 household chores　　⑱ xiǎng
想 miss　　xiǎng jiā
想家 homesick

⑲ hái
還 fairly　　nà shí hou nǐ xiǎng jiā ma　hái hǎo
那時候你想家嗎？還好。

⑳ dǐ
底 end of a year or month　　nián dǐ
年底 the end of the year　　tā qù nián nián dǐ kāi shǐ gōng zuò le
她去年年底開始工作了。

1 用所給結構及詞語看圖說話

A. 結構：姨媽對我很嚴格。

①  對……嚴格

②  對……好

③  對……感興趣

④  對……不嚴格

B. 結構：我越來越獨立了。

①  天氣冷

②  數學難

③  雨大

④  長得漂亮

2 用所給結構及詞語寫句子

結構：我父母工作特別忙，沒有時間照顧我。

① 我　忙　帶小狗散步

② 媽媽　上班　做家務

③ 哥哥　課外活動　吃午飯

④ 爸爸　出差　跟我踢足球

3 模仿例子，編對話

情景 你跟同桌聊你的兄弟姐妹或者堂 / 表兄弟姐妹。

例子：

你：我很喜歡我表姐。

同學：你為什麼喜歡她？

你：她很熱心。她的數學成績很好。如
　　果我不會做數學作業，她會幫助我。
　　她還非常獨立。

同學：你常跟她見面嗎？

你：我們每個週末都見面。你有表姐嗎？

同學：我沒有表姐，但是我有一個堂哥。
　　他的脾氣很好又有耐心，從來都不
　　生氣。

你：……

你可以用
- a) 她很聰明。
- b) 她的性格很好。
- c) 他的脾氣不太好。
- d) 他很有耐心。
- e) 她樂意幫助別人。
- f) 他從來都不生氣。
- g) 他對自己很嚴格。

課文 1

在你的親戚中，你跟誰最親？

我跟姨媽最親，因為我小時候在姨媽家住了三年。

你為什麼跟姨媽一起住？

那時候我父母(fù mǔ)工作特別忙，沒有時間照顧(zhào gù)我。我姨媽不工作，所以媽媽讓我住在她家。

你姨媽對你好嗎？

其實，姨媽對我挺嚴格(yán gé)的。我每天都要幫她做家務(jiā wù)，但是這讓我越來越獨立(yuè lái yuè dú lì)了。我真的很喜歡她。她的脾氣(pí qì)很好，很有耐心(nài xīn)，從來都不生氣(shēng qì)。她還非常善良(shàn liáng)，樂意幫助別人(lè yì bāng zhù bié rén)。我喜歡她的性格(xìng gé)。

那時候你想家(xiǎng jiā)嗎？

還(hái)好。姨媽家離我家不遠。爸爸媽媽也經常給我打電話。

你現在常跟姨媽見面嗎？

她去年年底(nián dǐ)開始工作了，挺忙的。我們現在很少見面。

53

1) 在你的親戚中，你跟誰最親？他 / 她住在哪兒？他 / 她做什麼工作？他 / 她的性格怎樣？你為什麼喜歡他 / 她？

2) 如果今年暑假你要去跟親戚一起住，你想去誰家？為什麼？他 / 她住在哪兒？他 / 她工作嗎？你想在他 / 她家待多長時間？你想在那裏做什麼？

3) 如果你暑假跟親戚一起住，你會想家嗎？為什麼？

4) 你小時候獨立嗎？你現在獨立嗎？

5) 你會做家務嗎？你會做什麼家務？

6) 你會做飯嗎？你會做什麼飯菜？

你可以用

a) 在我的親戚中，我跟奶奶最親，因為我小時候在奶奶家住了三年。

b) 我喜歡奶奶的性格。她很熱心，樂意幫助別人。她也很有耐心，很少生氣。

c) 我爺爺現在不工作。他的身體不太好。我週末經常去看他。

d) 我今年暑假打算去西安，跟叔叔嬸嬸一起住。他們沒有孩子。他們對我非常好。

e) 我今年寒假想去姨媽家。我可以教表妹英語，表妹可以教我漢語。週末我們還可以一起去滑雪。

f) 我從小就很獨立。我會做很多家務，比如洗衣服、做飯。

g) 我可以幫他們洗菜、做早飯。

h) 我對做飯很感興趣。我會做炒飯和炒麵。

生詞 2 19

❶ 久 jiǔ for a long time　好久 hǎo jiǔ for a long time　好久沒給你寫電郵了。hǎo jiǔ méi gěi nǐ xiě diàn yóu le

❷ 我已經在這裏待了兩個星期了。wǒ yǐ jīng zài zhè li dāi le liǎng ge xīng qī le

▲

> **Grammar:** a) Pattern: Verb + 了 + Complement of Duration + 了
> b) This structure indicates a past action is continuing to the present.

❸ 平 píng common; ordinary　平時 píng shí usually　我平時在家不做家務。wǒ píng shí zài jiā bú zuò jiā wù

❹ 幫忙 bāngmáng help　姑姑做飯的時候我會幫忙。gū gu zuò fàn de shí hou wǒ huì bāngmáng

❺ 碗 wǎn bowl　❻ 筷 kuài chopsticks　❼ 擺（摆）bǎi put; place; lay

❽ 把 bǎ a particle　吃飯以前，我會把碗筷擺好。chī fàn yǐ qián wǒ huì bǎ wǎn kuài bǎi hǎo

▲

> **Grammar:** Sentence Pattern: Subject + 把 + Object + Verb + Other Elements

❾ 擦 cā wipe　❿ 乾（干）gān dry　⓫ 淨（净）jìng clean　乾淨 gān jìng clean

吃完飯以後，我會把桌子擦乾淨。chī wán fàn yǐ hòu wǒ huì bǎ zhuō zi cā gān jìng

⓬ 簡（简）jiǎn simple　⓭ 單（单）dān simple　簡單 jiǎn dān simple

⓮ 菜 cài vegetables　捲心菜 juǎn xīn cài cabbage　⓯ 菜花 cài huā cauliflower

⓰ 柿 shì persimmon　西紅柿 xī hóng shì tomato

姑姑教了我幾個簡單的菜，比如炒捲心菜、炒菜花、西紅柿炒雞蛋。gū gu jiāo le wǒ jǐ ge jiǎn dān de cài bǐ rú chǎo juǎn xīn cài chǎo cài huā xī hóng shì chǎo jī dàn

⓱ 烤 kǎo bake; roast　⓲ 紙（纸）zhǐ paper

⓳ 杯 bēi cup　她教我烤紙杯蛋糕。tā jiāo wǒ kǎo zhǐ bēi dàn gāo

⓴ 拾 shí pick up　收拾 shōu shi tidy up　有些家務我不太喜歡，比如收拾房間、洗碗。yǒu xiē jiā wù wǒ bú tài xǐ huan bǐ rú shōu shi fáng jiān xǐ wǎn

5 用所給結構及詞語看圖說話

結構：我已經在這裏待了兩個星期了。我很喜歡這裏。

①
工作
十年
出差

②
教漢語
十二年
對⋯⋯嚴格

③
練武術
三年
每個週末

④
彈鋼琴
五年
越來越⋯⋯

6 用所給問題編對話

1) 你們家一般去哪兒買菜？你經常跟媽媽一起去買菜嗎？

2) 媽媽做飯的時候你會幫忙嗎？你會幫忙做什麼？

3) 吃飯以前，你會把碗筷擺好嗎？吃完飯以後，你會幫媽媽洗碗嗎？

4) 你對做飯感興趣嗎？你會做飯嗎？會做什麼飯菜？

5) 你會烤紙杯蛋糕嗎？

6) 你的房間亂不亂？你經常收拾自己的房間嗎？

7) 你喜不喜歡做家務？你喜歡做什麼家務？不喜歡做什麼家務？

7 用所給結構及詞語看圖說話

結構：我把碗筷擺好了。

①
小說
看
完

④
房間
收拾
乾淨

②
衣服
洗
乾淨

⑤
作業
做
完

③
魚
蒸
好

⑥
紙杯蛋糕
烤
好

8 聽課文錄音，回答問題

1) 家家會在姑姑家待多長時間？

2) 她平時在家做家務嗎？

3) 做飯以前，她會幫忙做什麼？

4) 吃飯以前，她會幫忙做什麼？

5) 吃完飯以後，她會幫忙做什麼？

6) 她對什麼家務特別感興趣？

7) 她會做什麼飯菜？

8) 她不喜歡做什麼家務？

收件人：田小文 xiaowen@yahoo.com
發件人：周家家 jiajia123@gmail.com
主題：我的寒假

小文：

你好！

好久(hǎo jiǔ)沒給你寫電郵了。今年寒假我要在北京的姑姑家住一個月。我已經在這裏待了兩個星期了。

因為我平時(píng shí)在家不做家務，所以這個寒假姑姑教我做家務。每次姑姑做飯以前，我都會幫她洗菜。姑姑做飯的時候我也會幫忙(bāng máng)。吃飯以前，我會把碗筷擺(bǎ wǎn kuài bǎi)好。吃完飯以後，我會把桌子擦乾淨(cā gān jìng)。我對做飯特別感興趣，所以姑姑教了我幾個簡單(jiǎn dān)的菜，比如炒捲心(juǎn xīn)菜(cài)、炒菜花(cài huā)、西紅柿(xī hóng shì)炒雞蛋。她還教我烤紙杯(kǎo zhǐ bēi)蛋糕。我很喜歡做這些事，但是有些家務我不太喜歡，比如收拾(shōu shi)房間、洗碗。

你今年寒假去哪兒了？過得怎麼樣？

祝好！

家家

58

9 小組活動

要求 在規定的時間裏寫出同類物品。

1) 家具 (jiā jù)

• 牀　　　•　　　•　　　•

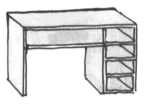

2) 文具

• 鉛筆　　•　　　•　　　•

3) 餐具 (cān jù)

• 碗　　　•　　　•　　　•

4) 家務

• 洗碗　　•　　　•　　　•

5) 爸爸媽媽為你做的事

• 做飯　　•　　　•　　　•

6) 你幫爸爸媽媽做的事

• 洗菜　　•　　　•　　　•

7) 你為寵物做的事

• 餵牠　　•　　　•　　　•

例子：

他家太亂了！

在他家，客廳裏有電視櫃，但是電視在沙發上。沙發上還有很多衣服，有牛仔褲、襯衫、外套等等。餐廳裏有一張餐桌和六把椅子。餐桌上有……

他的房間裏有衣櫃，但是……

┌─ 你可以用 ─
a) 他的臥室裏有一張牀。
b) 牀上有一個書包。
c) 書房裏有書架和沙發。
d) 書房的地上有書和足球。
e) 地上有一個計算器。他應該把計算器放好。
f) 他的手套和帽子都在地上。
g) 他坐在地上玩兒電腦遊戲。

11 口頭報告

要求 說一說你對做家務的看法。

- 你會做什麼家務
- 你喜歡／不喜歡做哪些家務
- 你覺得學生應該做家務嗎

例子：

　　我父母從小就讓我做家務。他們想讓我做一個獨立的人。

　　我從九歲開始學做飯。我現在會做西紅柿炒雞蛋、炒飯和炒麵。媽媽做飯的時候，我會幫媽媽洗菜。吃飯以前，我會把碗筷擺好。吃完飯以後，我會把桌子擦乾淨，把碗洗乾淨。我挺喜歡做飯的，但是不喜歡洗碗。

　　我覺得雖然我們有很多功課，非常忙，但是也應該學會做家務。我們要學會獨立，要自己的事自己做。

你可以用

a) 我父母從來都不讓我做家務，因為我從早到晚都很忙，沒有時間做家務。

b) 我不常做家務，但是我會收拾自己的房間。

c) 我週末經常做家務。我會幫媽媽洗衣服，幫爸爸洗車。洗完車以後，爸爸會給我十塊錢。

d) 我很喜歡做飯。我已經會做幾個簡單的菜了，比如炒雞蛋、炒飯等。我還在學做紙杯蛋糕。

e) 我覺得學生應該學會做家務。除了照顧自己以外，我們還要學會照顧別人。

第六課　養寵物

生詞 1 21

❶ 處 chù point　好處 hǎo chù advantage　你覺得養寵物有什麼好處？ nǐ jué de yǎng chǒng wù yǒu shén me hǎo chù

❷ 培 péi cultivate; foster　培養 péi yǎng foster

❸ 責（责）zé duty　**❹** 任 rèn hold the post of　責任 zé rèn responsibility　責任心 zé rèn xīn sense of responsibility

❺ 愛心 ài xīn loving heart　養寵物可以培養我的責任心、愛心和耐心。 yǎng chǒng wù kě yǐ péi yǎng wǒ de zé rèn xīn ài xīn hé nài xīn

❻ 關 guān concern　關心 guān xīn care for

❼ 管 guǎn manage　管理 guǎn lǐ manage　養寵物讓我學會關心別人，還能學會管理時間。 yǎng chǒng wù ràng wǒ xué huì guān xīn bié rén hái néng xué huì guǎn lǐ shí jiān

❽ 通過 tōng guò by means of; through　**❾** 進 jìn advance　進步 jìn bù progress

❿ 方 fāng side　**⓫** 面 miàn aspect　方面 fāngmiàn aspect　通過養寵物，你在這些方面有了什麼進步？ tōng guò yǎng chǒng wù nǐ zài zhè xiē fāngmiàn yǒu le shén me jìn bù

▲ **Grammar:** "在 ... 方面" means "in terms of".

⓬ 較（较）jiào relatively　比較 bǐ jiào relatively

⓭ 懶（懒）lǎn lazy　以前我比較懶。 yǐ qián wǒ bǐ jiào lǎn　**⓮** 情 qíng situation　事情 shì qing affair; matter

⓯ 不但 bú dàn not only　不但……，還…… bú dàn hái not only... but also...

我不但自己的事情自己做，還可以照顧好我家的兩隻小狗。 wǒ bú dàn zì jǐ de shì qing zì jǐ zuò hái kě yǐ zhào gù hǎo wǒ jiā de liǎng zhī xiǎo gǒu

⓰ 選（选）xuǎn choose　**⓱** 擇（择）zé choose　選擇 xuǎn zé choose

如果可以再養一個寵物，我還是會選擇養狗。 rú guǒ kě yǐ zài yǎng yí ge chǒng wù wǒ hái shi huì xuǎn zé yǎng gǒu

⓲ 忠 zhōng loyal　**⓳** 誠（诚）chéng sincere; honest　忠誠 zhōngchéng loyal

⓴ 幸 xìng good fortune　**㉑** 運 yùn luck　幸運 xìng yùn fortunate　你真幸運！ nǐ zhēnxìng yùn

1 看圖完成句子

① 在 ＿＿＿＿ 方面，他做得不太好。

② 我比較喜歡打冰球，弟弟 ＿＿＿＿。

弟弟

③ 學習畫國畫可以 ＿＿＿＿。

④ 她不但會做紙杯蛋糕，＿＿＿＿。

2 用所給結構完成句子

結構：我不但自己的事情自己做，還可以照顧好我家的兩隻小狗。

你可以用
- a) 好吃　好看
- b) 好看　便宜
- c) 可愛　聰明
- d) 畫國畫　畫油畫
- e) 責任心　耐心
- f) 大　美

1) 養寵物不但可以培養 ＿＿＿＿＿，還可以培養 ＿＿＿＿＿。

2) 我爺爺不但會 ＿＿＿＿＿，還會 ＿＿＿＿＿。

3) 媽媽做的菜不但 ＿＿＿＿＿，還 ＿＿＿＿＿。

4) 這副耳環不但 ＿＿＿＿＿＿＿＿＿＿。

5) 小妹妹不但 ＿＿＿＿＿＿＿＿＿＿＿。

6) 我們學校的校園不但 ＿＿＿＿＿＿＿＿＿。

要求 猜一猜他 / 她說的是誰。

例子：

你：他是男的。他很會管理時間。他學習成績很好，籃球也打得不錯。

同學 1：你說的是李明嗎？

你：對。

同學 1：他是男的。他很有責任心，也很有愛心。他家養了兩隻狗。他每天都帶狗去散步。

同學 2：你說的是王大力嗎？

同學 1：對。

同學 2：她是女的。她的脾氣很好，有很多朋友。她學習很努力，考試經常得高分，但是上次物理考試她的成績不太好。

同學 3：……

┌─ **你可以用** ─────────┐

a) 他很熱心，也很有愛心。

b) 他比較懶，學習不太努力。

c) 她是一個善良的人。

d) 他的脾氣挺好的。

e) 他從來都不生氣。

f) 他樂意幫助別人。

g) 她非常愛乾淨。

h) 他對自己很嚴格。

i) 她物理和化學都學得非常好。

j) 他足球踢得特別好，是足球隊的隊長。

└──────────────────┘

張良，你們家養寵物嗎？

我們家有兩隻狗。

你覺得養寵物有什麼好處（hǎo chù）？

養寵物可以培養（péi yǎng）我的責任心（zé rèn xīn）、愛心（ài xīn）和耐心，讓我學會關心（guān xīn）別人，還能學會管理（guǎn lǐ）時間。

通過（tōng guò）養寵物，你在這些方面（fāngmiàn）有了什麼進步（jìn bù）？

以前我比較（bǐ jiào）懶（lǎn）。現在我不但（bú dàn）自己的事情（shì qing）自己做，還（hái）可以照顧好我家的兩隻小狗。

你要為牠們做什麼？

我每天都要餵牠們，還要經常給牠們洗澡。

如果你可以再養一個寵物，你想養什麼？

我還是會選擇（xuǎn zé）養狗。狗又忠誠（zhōngchéng）又可愛。養狗給我帶來了不少快樂。

你父母讓你養狗，你真幸運（xìng yùn）！有些父母不讓孩子養寵物。

1) 你小時候養過寵物嗎？養過什麼寵物？

2) 你現在養了什麼寵物？養了多長時間了？你要為牠做什麼？

3) 你覺得養寵物有什麼好處？

4) 通過養寵物，你在哪些方面有了進步？

5) 如果可以再養一個寵物，你想養什麼？為什麼？

例子：

你：你小時候養過什麼寵物？

同學：我小時候養過狗、貓和魚。

你：你現在還養寵物嗎？

同學：我現在養了一隻狗。

你：你養了多長時間了？牠現在幾歲了？

同學：我已經養了八個月了。牠現在一歲半。

你：你每天要為牠做什麼？

……

> **你可以用**
>
> a) 我小時候媽媽不讓我養寵物。因為我不能照顧寵物，爸爸媽媽也沒有時間照顧寵物。
>
> b) 這隻狗是我十歲的生日禮物。
>
> c) 我的貓是在寵物店買的。
>
> d) 我姑姑家的狗生了四隻小狗，所以姑姑送了我一隻。
>
> e) 如果可以再養一個寵物，我會選擇養狗，因為狗很忠誠，也很可愛。
>
> f) 貓很獨立。你不用花很多時間跟牠玩。

生詞 2

❶ 命 mìng life　要命 yào mìng extremely

tā jiā de liǎng zhī xiǎo gǒu yí kàn jiàn wǒ jiù jiào　chǎo de yào mìng
他家的兩隻小狗一看見我就叫，吵得要命。

▲ Grammar: a) Pattern: Adjective + 得 + 要命
　　　　 b) "要命" serves as the complement of degree.

❷ 隨（随）suí let someone do what he likes　隨地 suí dì anywhere; everywhere

❸ 便 biàn poop; pee　大便 dà biàn poop　小便 xiǎo biàn pee

tā jiā de xiǎo gǒu yǒu shí hou huì suí dì dà xiǎo biàn
他家的小狗有時候會隨地大小便。

❹ 弄 nòng make　**❺** 髒（脏）zāng dirty

❻ 被 bèi a particle

jiā li de dōng xi cháng bèi tā men nòng de hěn luàn
家裏的東西常被牠們弄得很亂。

▲ Grammar: a) "被" is used in a passive sentence.
　　　　 b) Sentence Pattern: Noun + 被（+ Doer）+ Verb + Other Elements

❼ 糧（粮）liáng food　狗糧 gǒu liáng dog food

❽ 防 fáng guard against　預防 yù fáng take precautions against

❾ 針（针）zhēn injection　打針 dǎ zhēn give or have an injection

gěi xiǎo gǒu dǎ yù fáng zhēn hěn guì
給小狗打預防針很貴。

❿ 至少 zhì shǎo at least

kàn yí cì chǒng wù yī shēng zhì shǎo yào huā wǔ bǎi kuài qián
看一次寵物醫生至少要花五百塊錢。

⓫ 寄養 jì yǎng entrust to the care of

⓬ 不得不 bù dé bù have to

rú guǒ yì jiā rén yào qù dù jià　tā men bù dé bù sòng xiǎo gǒu qù chǒng wù jì yǎng zhōng xīn
如果一家人要去度假，他們不得不送小狗去寵物寄養中心。

⓭ 費（费）fèi fee; expenses　費用 fèi yong expense　**⓮** 醫藥 yī yào medicine　醫藥費 yī yào fèi medical expenses

⓯ 類（类）lèi type　人類 rén lèi mankind　**⓰** 人人 rén rén everyone

rén rén dōu shuō gǒu shì rén lèi de péng you
人人都説狗是人類的朋友。

⓱ 認（认）rèn acknowledge　認為 rèn wéi think

⓲ 壞（坏）huài bad　壞處 huài chù disadvantage

wǒ rèn wéi yǎng gǒu de huài chù bǐ hǎo chù duō
我認為養狗的壞處比好處多。

5 用所給結構及詞語看圖完成句子

結構：我認為養狗的壞處比好處多。

①  大

她家後面的花園……

②  多

她的連衣裙……

③  好吃

她做的中餐……

④  好看

他畫的國畫……

6 用所給結構及詞語看圖說話

結構：他家的兩隻小狗一看見我就叫，吵得要命。

 9:00-11:00 累

例子：

他今天踢了兩個小時足球，累得要命。

①  貴

②  難

③  亂

7 用所給結構及詞語看圖説話

結構：東西被小狗<u>弄得很亂</u>。　　房間被小狗<u>弄髒了</u>。

①  弄得很亂

②  弄得很髒

③  騎走

④  拿走

8 聽課文錄音，回答問題

1) 張良家養了幾隻狗？

2) 張良家的小狗看見他以後做了什麼？

3) 給小狗打預防針貴不貴？

4) 小狗看一次寵物醫生要花多少錢？

5) 張良一家去度假的時候，要送小狗去哪裏？

6) 為什麼養狗要花很多錢？

7) 為什麼養狗要花很多時間？

8) 為什麼愛乾淨的人不適合養狗？

一月八日　　　　　　　　　　　　　　　　　　　陰

　　今天我去了張良家。他家的兩隻小狗一看見我就叫，吵得要命。

　　張良說他家的小狗有時候會隨地大小便。牠們高興的時候還會跳上牀。房間會被牠們弄得很髒。家裏的東西也常被牠們弄得很亂。買狗糧和給小狗打預防針都很貴。如果牠們生病了，看一次寵物醫生至少要花五百塊錢，貴得要命！如果一家人要去度假，他們不得不送小狗去寵物寄養中心，費用也不便宜。

　　人人都說狗是人類的朋友，但是我認為養狗的壞處比好處多。養狗要花很多錢，得買狗糧、付醫藥費。養狗還要花很多時間，得跟狗玩、帶狗去散步。家裏還可能被弄髒，東西可能被弄亂。

9 用所給結構及詞語看圖說話

結構：如果一家人要去度假，他們不得不送小狗去寵物寄養中心。

例子：

因為怕小狗生病，我們不得不帶牠去打預防針。

怕　打預防針

① 下雨　回家

② 出差　做家務

③ 生病　看寵物醫生

10 小組活動

要求 用所給詞語說幾句話，然後跟其他小組交流。

① 要命　髒　亂

② 養寵物　買狗糧　生病

③ 花時間　跟……玩　散步

④ 費用　便宜　帶來快樂

結構：

I. 給…… for { 看病 / 洗澡 }　　II. 給…… to { 打電話 / 發電郵 / 送禮物 / 帶來快樂 }

① 做完家務以後，媽媽……

④ 明天是媽媽的生日。她們……

② 吃完晚飯以後，她……

⑤ 護士讓她們去五號房，醫生
一會兒……

③ 爸爸已經到北京了。他……

⑥ 他家養了一隻小狗。小
狗……

12 角色扮演

情景 你的狗生病了。你帶牠去寵物醫院。

例子：

寵物醫生：你的狗怎麼了？

你：從昨天中午開始，牠不吃東西，也不喝水。

寵物醫生：牠今天怎麼樣？

你：牠今天睡了一天。

寵物醫生：我給牠量一下體溫。牠發燒了。我先給牠打針，然後給牠開點兒藥。

你：牠沒事吧？

寵物醫生：不用擔心。你回去以後給牠喝點兒水，讓牠多休息。今天不要帶牠去散步了。牠很快就會好的。

你：好。謝謝您！

寵物醫生：不客氣。你去外面付費、拿藥吧。

……

你可以用

a) 今天早上牠在牀下面不出來。我覺得牠可能不舒服。

b) 我家的小狗今天吐(tù)了，還拉肚子。

c) 這種藥每天吃兩次，早上吃一次，晚上吃一次。

d) 你每天都要帶牠去散步。每次大約半個小時。

e) 你最近不要給牠洗澡。

f) 你到外面等一下。護士會給你拿藥。

g) 你帶小狗去那裏打針。

h) 醫藥費是五百塊。請去那裏付費。

生詞 1 25

① pài duì
派對 party　　wǒ zhè ge zhōu mò xiǎng zài jiā kāi shēng rì pài duì
我這個週末想在家開生日派對。

② shòu sī
壽（寿）司 sushi　　**③** yì dà lì
意大利 Italy　yì dà lì miàn
意大利麵 spaghetti

④ zhá
炸 deep-fry　　**⑤** chì
翅 wing　jī chì
雞翅 chicken wing

⑥ hàn bǎo
漢堡 Hamburg　hàn bǎo bāo
漢堡包 hamburger

⑦ shǔ
薯 potato; yam　shǔ tiáo
薯條 French fries　wǒ men yào chī shòu sī　yì dà lì miàn　zhá jī chì　hàn bǎo bāo hé shǔ tiáo
我們要吃壽司、意大利麵、炸雞翅、漢堡包和薯條。

⑧ piàn
片 flat, thin piece　shǔ piàn
薯片 chips; crisps

⑨ gān
乾 dried food　bǐng gān
餅乾 biscuit; cracker　　**⑩** táng
糖 sugar; candy　táng guǒ
糖果 candy

⑪ bīng qí lín
冰淇淋 ice cream　mā ma　nǐ néng bu néng gěi wǒ men mǎi diǎnr shǔ piàn　bǐng gān　táng guǒ hé bīng qí lín
媽媽，你能不能給我們買點兒薯片、餅乾、糖果和冰淇淋？

⑫ chéng zhī
橙汁 orange juice　　**⑬** píng guǒ
蘋（苹）果 apple　píng guǒ zhī
蘋果汁 apple juice

⑭ táo
桃 peach　táo zi
桃子 peach　　**⑮** guā
瓜 melon　xī guā
西瓜 watermelon

⑯ jiāo
蕉 some broadleaf plants　xiāng jiāo
香蕉 banana

⑰ pú tao
葡萄 grape　　**⑱** lí
梨 pear

⑲ fàng
放 put in; place　shuǐ guǒ shā lā li yào fàng táo zi　xī guā　xiāng jiāo　pú tao hé lí
水果沙拉裏要放桃子、西瓜、香蕉、葡萄和梨。

⑳ méi
莓 certain kinds of berries　cǎo méi
草莓 strawberry

㉑ qiǎo kè lì
巧克力 chocolate　cǎo méi dàn gāo méi yǒu qiǎo kè lì dàn gāo hǎo chī
草莓蛋糕沒有巧克力蛋糕好吃。

▲
Grammar: Sentence Pattern: Noun₁ + 沒（有）+ Noun₂ + Adjective

1 用所給結構及詞語看圖完成句子

結構：你能不能給我們買點兒餅乾？

①  媽媽，我能不能……

②  妹妹，你要不要……

③  兒子，你長大以後想不想……

④  女兒，你能不能……

2 角色扮演

情景 你去食堂買午飯。你可以花二十五塊。

例子：

服務員：你想吃什麼？

你：我要一號水果沙拉、一塊比薩餅和一盒蘋果汁。

服務員：一共二十三塊。

你：給您二十五塊。

服務員：找你兩塊。

你：謝謝！

服務員：不客氣。

 午餐

水果沙拉 1　¥ 10.00/ 盒

（蘋果、草莓、香蕉）

水果沙拉 2　¥ 12.00/ 盒

（葡萄、橙子、桃子、西瓜）

炸雞翅	¥ 12.00/4 個	可樂	¥ 6.00/ 瓶
薯條	¥ 6.00/ 包	汽水	¥ 4.00/ 瓶
熱狗	¥ 5.00/ 個	蘋果汁	¥ 5.00/ 盒
比薩餅	¥ 8.00/ 塊	橙汁	¥ 4.50/ 盒
三明治	¥ 14.00/ 個	牛奶	¥ 6.50/ 瓶

3 用所給結構及詞語看圖完成句子

結構：草莓蛋糕沒有巧克力蛋糕好吃。

①  高　哥哥……
弟弟　哥哥

② 快　汽車……

③ 貴　葡萄……
¥35　¥20

④  好　她的數學……
數學　漢語

4 小組活動

要求　去問同學問題。每個同學只能被問一次。給得到肯定答案的問題塗上顏色。肯定答案先連成一條直線的學生勝出。

你每年都開生日派對嗎？	你每年都在家過生日嗎？	你去年是在家過生日的嗎？	你去年是在飯店過生日的嗎？
你喜歡吃水果沙拉嗎？	你喜歡吃冰淇淋嗎？	你喜歡吃糖果嗎？	你喜歡吃草莓蛋糕嗎？
你喜歡吃巧克力蛋糕嗎？	你會做飯嗎？	你會烤紙杯蛋糕嗎？	你媽媽給你做過生日蛋糕嗎？
你經常吃壽司嗎？	你經常吃中餐嗎？	你經常吃西餐嗎？	你常常吃快餐嗎？

課文 1 🎧 26

媽媽，我這個週末想在家開生日派^{pài duì}對。

好啊！星期六還是星期天？

星期六下午五點到八點，行嗎？
我打算請十個朋友參加派對。

當然可以。你們想吃點兒什麼？喝點兒什麼？

我們要吃壽^{shòu sī}司、意大利^{yì dà lì miàn}麵、炸雞翅^{zhá jī chì}、漢堡包^{hàn bǎo bāo}和薯條^{shǔ tiáo}，喝可樂、橙汁^{chéng zhī}和蘋果汁^{píng guǒ zhī}。

要不要給你們做一個水果沙拉？

好。水果沙拉裏要放桃^{fàng táo zi}子、西瓜^{xī guā}、香蕉^{xiāng jiāo}、葡^{pú}萄^{tao lí}和梨。媽媽，你能不能給我們買點兒薯^{shǔ}片^{piàn}、餅乾^{bǐng gān}、糖果^{táng guǒ}和冰淇淋^{bīng qí lín}？

沒問題。你們想吃什麼蛋糕？草莓^{cǎo méi}蛋糕怎麼樣？

我們要吃巧克力^{qiǎo kè lì}蛋糕。草莓蛋糕沒有巧克力蛋糕好吃。

除了吃東西以外，你們還想做什麼？

我們想在家裏看電影。

5 用所給結構看圖完成句子

結構：除了吃東西以外，你們還想做什麼？

①  我除了喜歡……

②  生日會上除了有……

③  水果沙拉裏除了有……

④  蛋糕店除了賣……

⑤  媽媽除了要買……

⑥ 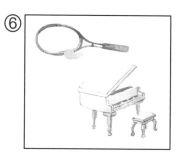 我下午除了要……

6 用所給問題編對話

1) 你每天都喝牛奶嗎？你一般什麼時候喝牛奶？

2) 你每天都吃水果嗎？你喜歡吃什麼水果？

3) 你常吃快餐嗎？你經常吃什麼快餐？

4) 你喜歡吃什麼零食？你一般什麼時候吃零食？

5) 你愛吃蛋糕嗎？你愛吃什麼蛋糕？

6) 你愛吃巧克力嗎？你愛吃黑巧克力還是白巧克力？

7) 你喜歡喝果汁嗎？你喜歡喝什麼果汁？

生詞 2

1 茶 chá tea　綠茶 lǜ chá green tea

2 點 diǎn refreshments; snacks　茶點 chá diǎn tea and pastries

3 自助 zì zhù self-service　自助餐 zì zhù cān buffet　**4** 有名 yǒu míng well-known　花園酒店的自助茶點特別有名。huā yuán jiǔ diàn de zì zhù chá diǎn tè bié yǒu míng

5 口 kǒu mouth; taste　**6** 味 wèi taste　口味 kǒu wèi taste　**7** 食物 shí wù food　那裏有各種口味的食物。nà li yǒu gè zhǒng kǒu wèi de shí wù

8 甜 tián sweet　甜品 tián pǐn dessert

9 鹹（咸）xián salty　**10** 糕餅 gāo bǐng cake; pastry

11 腿 tuǐ leg　火腿 huǒ tuǐ ham　**12** 酪 lào junket　奶酪 nǎi lào cheese

13 腸（肠）cháng sausage　香腸 xiāng cháng sausage　**14** 生 shēng raw　生魚片 shēng yú piàn sashimi

15 樣 yàng a measure word; type; variety　那裏的食物樣樣都好吃。nà li de shí wù yàng yàng dōu hǎo chī

16 咖啡 kā fēi coffee　**17** 蔬 shū vegetables　蔬菜 shū cài vegetables

18 黃瓜 huáng guā cucumber　**19** 生菜 shēng cài lettuce

20 胡 hú from abroad　**21** 蘿（萝）蔔（卜）luó bo radish; turnip　胡蘿蔔 hú luó bo carrot

22 芹 qín celery　芹菜 qín cài celery　**23** 西蘭（兰）花 xī lán huā broccoli

24 土 tǔ soil　**25** 豆 dòu bean　土豆 tǔ dòu potato　**26** 絲 sī anything threadlike

她還吃了炒西蘭花和炒土豆絲。tā hái chī le chǎo xī lán huā hé chǎo tǔ dòu sī

27 嘗（尝）cháng try (food); taste

28 極（极）jí extremely　我今天開心極了！wǒ jīn tiān kāi xīn jí le

▲

Grammar: **a) Pattern: Adjective + 極了**

b) "極了" serves as the complement of degree, however, "得" cannot be used.

情景 中午你和同學聊你們午飯要吃什麼。

例子：

你：我們去餐廳買午飯吧！我今天想吃壽司。

同學：我今天不去餐廳了。我媽媽早上給我做了意大利麵。

你：你經常帶午飯嗎？

同學：我有時候帶午飯，有時候去餐廳買午飯。

你：你喜不喜歡吃快餐？

同學：我不太喜歡吃快餐。我覺得餐廳做的中式盒飯也不好吃。如果媽媽早上有時間，她會給我做午飯。

你：你媽媽真好！我媽媽太忙了，很少做飯。我每天都在餐廳買午飯。

……

你可以用

a) 你一般花多少錢吃午飯？

b) 媽媽每天都給我三十塊。我會花大約二十五塊吃午飯。

c) 我覺得學校食堂賣的飯菜挺貴的。

d) 我一般不吃午飯，因為午飯時間我有興趣小組的活動。課間休息的時候，我會吃一個三明治和一個蘋果。

e) 我喜歡去餐廳買中式盒飯，又便宜又好吃。

熱狗
酸奶
可樂

炒飯
湯
蘋果

包子
雞湯
西瓜

魚
米飯
汽水

8 用所給結構及詞語看圖完成句子

結構：那裏的食物有甜的，也有鹹的。

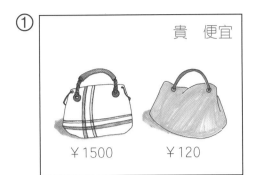

這家商店賣的包……

表姐的裙子……

媽媽買的西紅柿……

路上的出租車……

9 聽課文錄音，回答問題

1) 他的生日是幾月幾號？

2) 去吃下午茶以前，他們一家人做了什麼？

3) 他們是在哪兒吃下午茶的？

4) 那裏有哪些茶點？

5) 他爸爸喝了什麼？

6) 他媽媽吃了什麼？

7) 他喜歡吃什麼？

8) 以前家人過生日，他們晚飯吃什麼？

一月十日　　　　　　　　　　　　　　　　多雲

　　今天是我的生日。吃完午飯以後，我們一家人先去逛商場，然後去花園酒店吃了下午茶。花園酒店的自助茶點（zì zhù chá diǎn）特別有名（yǒu míng）。那裏有各種口味（kǒu wèi）的食物（shí wù），有甜（tián）的糕餅（gāo bǐng）、冰淇淋，也有鹹（xián）的火腿奶酪（huǒ tuǐ nǎi lào）三明治、小香腸（xiāngcháng），還有生魚片（shēng yú piàn），樣樣（yàng）都好吃。

　　爸爸很喜歡吃甜品（tián pǐn）。他一邊喝咖啡（kā fēi），一邊吃了好幾塊蛋糕。媽媽最愛吃蔬菜（shū cài）沙拉。她吃的沙拉裏有黃瓜（huáng guā）、生菜（shēng cài）、胡蘿蔔（hú luó bo）和芹菜（qín cài）。她還吃了炒西蘭花（xī lán huā）和炒土豆絲（tǔ dòu sī）。媽媽不喜歡喝咖啡，她喝的是綠茶（lù chá）。我非常喜歡吃冰淇淋。各種各樣的冰淇淋我都嘗（cháng）了。

　　以前家人過生日，我們晚飯都去吃自助餐（zì zhù cān）。這次去吃下午茶，我覺得挺特別的。我今天開心極了（jí le）！

10 用所給問題編對話

A 你的家人一般給你買什麼生日禮物？

- 爸爸
- 媽媽

例子：

你：每年我過生日，爸爸都給我買書，因為他知道我最愛看書。

同學：我上個月過生日，爸爸給我買了一部手機。我高興極了！

……

你可以用

a) 我一般不在家開生日派對。我覺得去飯店吃飯雖然比較貴，但是非常方便，不用買菜、做飯、洗碗。

b) 在家開生日派對的時候，我一般會讓媽媽給我買很多好吃的，比如生日蛋糕、比薩餅、薯片、糖果、汽水。

c) 今年過生日，我打算請幾個朋友來我家。我們可以一邊吃東西一邊看電影。我還想讓他們在我家過夜。我覺得這樣過生日也挺有意思的。
（guò夜yè）

B 如果要在家開生日會，你會讓父母買什麼？
（zhǔ shí）
- 主食
- 零食
（yǐn liào）
- 飲料

例子：

你：如果要在家開生日會，我會讓媽媽買很多零食，比如……

同學：今年過生日，我打算在家開生日派對。我想……

……

11 用所給結構及詞語看圖説話

結構：今天我開心極了。

①  好吃

④  可愛

②  貴

⑤  乾淨

③  難

⑥  漂亮

12 改寫句子

例子：花園酒店的自助茶點每樣都好吃。

→花園酒店的自助茶點樣樣都好吃。

1) 這家服裝店的衣服每件都漂亮。→ _____

2) 她寫的小説每本都好看。→ _____

3) 我這個學期的課每門都很有意思。→ _____

4) 這個星期我每天都有考試。→ _____

13 角色扮演

情景 朋友來參加你的生日派對。

例子：

你：請進！歡迎你們來參加我的生日派對。

朋友1、2：祝你生日快樂！這是我們給你的禮物。

你：謝謝！我可以打開嗎？

朋友1、2：當然可以。

你：一個手機套、一本小說《西遊記》。我爸爸給我的生日禮物是手機。我正想買一個手機套呢。我喜歡這個手機套的顏色和款式。我還沒看過《西遊記》，聽說這本小說很有趣。謝謝你們！

……

你：我們先去客廳吧！你們想喝點兒什麼？有橙汁和可樂。

……

你：吃完晚飯以後，我們……

……

你可以用

a) 我很渴。我想喝點兒水。

b) 我媽媽買了很多好吃的，有甜的冰淇淋、巧克力和糕餅，還有鹹的火腿奶酪三明治、雞蛋三明治、小香腸和餅乾。

c) 我爸爸最近給我買了一台新電腦。晚飯以後，我們一起玩兒電腦遊戲吧！

d) 吃完晚飯以後，我們去看電影，怎麼樣？

e) 我今天得早點兒回家。我媽媽會開車來接我。

第八課　過中秋節

生詞 1

1 duān wǔ jié 端午節 the Dragon Boat Festival (5th day of the 5th lunar month)

2 zhōu 舟 boat　lóng zhōu 龍舟 dragon boat

3 zòng zi 粽子 pyramid-shaped dumpling made of glutinous rice, traditional food for the Dragon Boat Festival

jīn tiān shì duān wǔ jié　bù néng bù chī zòng zi
今天是端午節，不能不吃粽子。

▲ Grammar: "不能不" is double negative, means "一定要".

4 yā 鴨（鸭）duck　kǎo yā 烤鴨 roast duck

5 xiāng 香 spice　wǔ xiāng niú ròu 五香牛肉 multi-spiced beef

6 shāo 燒 stew　hóng shāo 紅燒 stew in soy sauce　hóng shāo ròu 紅燒肉 pork stewed in soy sauce

7 jiā cháng 家常 the daily life of a family

8 fǔ 腐 bean curd　dòu fu 豆腐 bean curd

9 qīng 青 green; blue　qīng cài 青菜 green vegetables

zài lái yí ge chǎo qīng cài
再來一個炒青菜。

▲ Note: This sentence means "we would like to have a stir-fried green vegetables".

10 yào 要 want　wǒ men hái yào kǎo yā 我們還要烤鴨。

11 diǎn 點 order　wǒ men xiàn zài diǎn cài 我們現在點菜。

▲ Note: "點"，"要" and "來" are used for ordering food.

12 pán 盤（盘）tray; plate　guǒ pán 果盤 fruit plate

13 yǐn 飲（饮）drink

14 liào 料 material　yǐn liào 飲料 drink; beverage

15 pí 啤 beer　pí jiǔ 啤酒 beer

16 dān 單 bill　cài dān 菜單 menu　mǎi dān 買單 pay the bill

17 xiān sheng 先生 Mr.

18 tài tai 太太 Mrs.

19 huó 活 alive

20 jīn 斤 jin, unit of weight (1/2 kilogram)　jīn tiān de huó yú yì bǎi èr shí kuài yì jīn 今天的活魚一百二十塊一斤。

21 jiàn 健 healthy

22 kāng 康 healthy　jiàn kāng 健康 healthy

23 yào shi 要是 if　yào shi……，jiù…… 要是……，就…… if　yào shi xiǎng chī de jiàn kāng　jiù yīng gāi duō chī shū cài 要是想吃得健康，就應該多吃蔬菜。

24 kě 渴 thirsty

25 màn 慢 slow

26 yòng 用 eat; drink　qǐng màn yòng 請慢用。

86

1 小組活動

要求 在規定的時間裏寫出三樣下列的食品 / 飲料。

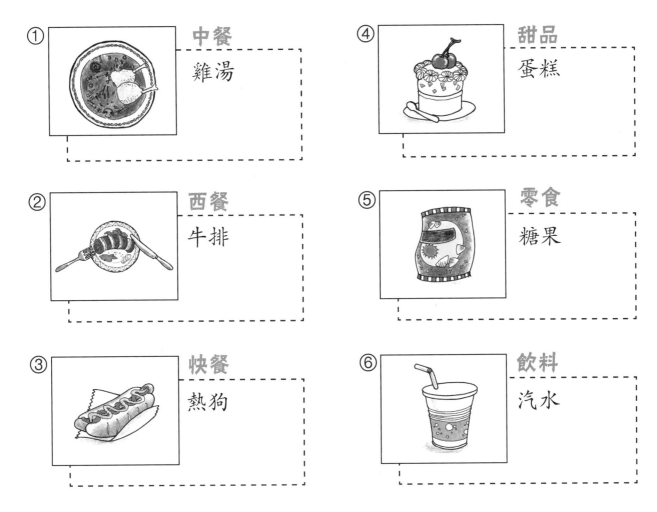

① 中餐 雞湯

② 西餐 牛排

③ 快餐 熱狗

④ 甜品 蛋糕

⑤ 零食 糖果

⑥ 飲料 汽水

2 用所給結構完成句子

結構：要是想吃得健康，就應該多吃蔬菜。

1) 要是想考試得到好成績，你就應該 ＿＿＿＿＿＿＿＿＿＿＿＿ 。

2) 要是想學好漢語，你 ＿＿＿＿＿＿＿＿＿＿＿＿ 。

3) 要是想早上有時間吃早飯，你 ＿＿＿＿＿＿＿＿＿＿ 。

4) 要是想今天晚上出去玩，你 ＿＿＿＿＿＿＿＿＿＿ 。

5) 要是想今年暑假去北京學漢語，你 ＿＿＿＿＿＿＿＿ 。

3 小組活動

要求 兩人一組，說一說自己一日三餐吃什麼。

例子：

你：你每天都吃早飯嗎？

同學：對，我每天都吃。

你：你一般吃中式早餐還是西式早餐？

同學：我一般吃中式早餐，比如包子、
　　　粥、麵條。我有時候也吃西式早
　　　餐，比如麵包、三明治、水果。

你：你午飯吃什麼？

同學：我午飯去餐廳買盒飯。

你：你們家晚飯一般吃什麼？你們家誰做晚飯？

……

4 用所給結構及詞語完成句子

結構：今天是端午節，不能不吃粽子。

1) 明天有物理考試，我 _____。（能　複習）

2) 這部電影特別有名，_____。（能　看）

3) 房間被小狗弄得非常亂，_____。（能　收拾）

4) 小姨這個週末結婚，_____。（能　參加）

5) 在寄宿學校讀書，_____。（會　想家）

課文 1

你們好！這是菜單。

我們現在點菜。今天是端午節，不能不吃粽子。先來兩個粽子。我們還要烤鴨、五香牛肉、紅燒肉、蒸魚和家常豆腐。先要這些，不夠吃我們再點。

要是想吃得健康，就應該多吃蔬菜。再來一個炒青菜。

先生，今天的活魚一百二十塊一斤，可以嗎？

行。我們現在就點甜品吧！要一個果盤，再來兩個草莓冰淇淋。

幾位想喝點兒什麼飲料？

我們都渴了。兩個孩子每人一杯可樂。我和太太要一瓶啤酒。

菜都齊了。請慢用。

我們都吃好了。爸爸，買單吧！龍舟比賽要開始了。

89

情景 今天是端午節。你們一家人去一家中餐店吃晚飯。

例子：

服務員：這是菜單。你們想吃點兒什麼？

爸爸：今天過節，我們多點一點兒吧！我們都渴了。先給孩子來一瓶可樂，給我太太來一杯綠茶。我要一瓶啤酒。

服務員：好的。你們現在點菜還是一會兒點菜？

爸爸：我們現在就點。我們要半隻烤鴨、……

……

爸爸：服務員，買單。

服務員：……

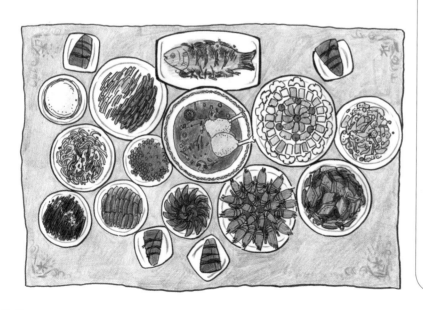

菜 單

凉菜

五香牛肉	￥45.00
皮蛋 pí dàn	￥12.00
花生米 huā shēng mǐ	￥10.00

熱菜

烤鴨	￥150.00/半隻
蒸魚	￥120.00
紅燒肉	￥78.00
家常豆腐	￥32.00
炒西蘭花	￥20.00
炒土豆絲	￥15.00
炒青菜	￥15.00

湯

雞湯	￥80.00
西紅柿雞蛋湯	￥27.00

主食

米飯	￥5.00/碗
炒飯	￥32.00/盤
粽子	￥8.00/個

甜品

果盤	￥38.00

飲料

可樂	￥8.00/杯
綠茶	￥12.00/杯
啤酒	￥30.00/瓶

生詞 2

① 中秋節 *zhōng qiū jié* the Mid-Autumn Festival (15th day of the 8th lunar month)

② 通 *tōng* general; ordinary 通常 *tōngcháng* usually

③ 羊 *yáng* sheep; goat 羊肉 *yáng ròu* lamb **④** 牛排 *niú pái* beef steak

⑤ 叉 *chā* fork 叉燒 *chā shāo* roasting of marinated lean pork on a skewer 叉燒肉 *chā shāo ròu* skewer-roasted pork

⑥ 三文魚 *sān wén yú* salmon **⑦** 蝦 (虾) *xiā* shrimp 龍蝦 *lóng xiā* lobster

⑧ 醋 *cù* vinegar **⑨** 骨 *gǔ* bone 排骨 *pái gǔ* spareribs 糖醋排骨 *táng cù pái gǔ* sweet and sour spareribs

⑩ 麻婆豆腐 *má pó dòu fu* stir-fried bean curd in hot sauce

⑪ 香草 *xiāng cǎo* vanilla 香草冰淇淋 *xiāng cǎo bīng qí lín* vanilla ice cream

⑫ 辣 *là* spicy; hot **⑬** 餓 (饿) *è* hungry **⑭** 飽 (饱) *bǎo* full

⑮ 一口氣 *yì kǒu qì* at one go 我一口氣吃了很多菜。 *wǒ yì kǒu qì chī le hěn duō cài*

⑯ 不得了 *bù dé liǎo* extremely 吃晚飯的時候我餓得不得了。 *chī wǎn fàn de shí hou wǒ è de bù dé liǎo*

▲ Grammar: **Pattern: Adjective + 得 + 不得了**

⑰ 風味 *fēng wèi* distinctive flavour 他們做的糖醋排骨是上海風味的。 *tā men zuò de táng cù pái gǔ shì shàng hǎi fēng wèi de* **⑱** 品嘗 *pǐn cháng* taste

⑲ 味道 *wèi dào* taste; flavour **⑳** 感覺 *gǎn jué* feel; think 我感覺香草冰淇淋的味道最好。 *wǒ gǎn jué xiāng cǎo bīng qí lín de wèi dào zuì hǎo*

㉑ 傳 (传) *chuán* pass; hand down **㉒** 統 (统) *tǒng* system 傳統 *chuán tǒng* tradition; traditional **㉓** 食品 *shí pǐn* food

㉔ 月 *yuè* moon 月餅 *yuè bing* moon cake 月亮 *yuè liang* moon

㉕ 賞 (赏) *shǎng* admire; enjoy; appreciate 賞月 *shǎng yuè* appreciate the bright full moon

㉖ 草地 *cǎo dì* lawn 我們坐在草地上一邊吃月餅一邊賞月。 *wǒ men zuò zài cǎo dì shang yì biān chī yuè bing yì biān shǎng yuè*

6 用所給結構完成句子

結構：我一口氣吃了很多菜，有烤羊肉、烤牛排、叉燒肉等等。

1) 爸爸一口氣點了 ＿＿＿＿＿＿＿＿＿＿＿＿＿＿＿ 。

2) 弟弟一口氣吃了 ＿＿＿＿＿＿＿＿＿＿＿＿＿＿＿ 。

3) 媽媽一口氣買了 ＿＿＿＿＿＿＿＿＿＿＿＿＿＿＿ 。

4) 姐姐一口氣借了 ＿＿＿＿＿＿＿＿＿＿＿＿＿＿＿ 。

7 用所給結構及詞語看圖完成句子

結構：我餓得不得了。

①  甜　這塊蛋糕……

④  辣　這盤麻婆豆腐……

②  酸　這盤糖醋排骨……

⑤  難　這次數學考試……

③  吵　這隻小狗……

⑥  飽　他吃了四個粽子，……

8 角色扮演

情景 你跟媽媽一起去買水果和蔬菜。

例子：

服務員：你們想買什麼？

媽媽：我想買一些水果。
　　　蘋果多少錢？

服務員：十二塊錢三個。
　　　這種蘋果很甜。
　　　現在的西瓜也不
　　　錯，……

……

水 果

 ￥12.00/3 個　 ￥15.00/4 個

 ￥15.00/3 個　 ￥10.00/4 個

 ￥5.00/斤　 ￥6.80/斤

 ￥20.00/斤　 ￥12.80/斤

蔬 菜

 ￥2.80/斤　 ￥3.10/斤

 ￥1.80/斤　 ￥2.50/斤

 ￥3.40/斤　 ￥4.20/斤

 ￥2.50/斤　 ￥4.50/斤

9 聽課文錄音，回答問題

1) 今年中秋節他們是在哪裏吃晚飯的？

2) 吃晚飯的時候他餓不餓？

3) 那家餐廳做的糖醋排骨怎麼樣？

4) 那家餐廳做的麻婆豆腐辣不辣？

5) 他覺得哪種甜品的味道最好？

6) 晚飯以後，他們去了哪裏？

7) 中秋節的傳統食品是什麼？

8) 中秋節的月亮什麼樣？

中秋節我們一家人通常去飯店吃晚飯。今年中秋節我們去了一家新開的自助餐廳。因為我下午有足球訓練，所以吃晚飯的時候我餓得不得了。我一口氣吃了很多菜，有烤羊肉、烤牛排、叉燒肉、三文魚、龍蝦麵、糖醋排骨等等。他們做的糖醋排骨是上海風味的，非常好吃。這家餐廳做的麻婆豆腐不太辣，也很好吃。雖然我已經飽了，但是我最後又品嘗了一些甜品。我感覺香草冰淇淋的味道最好。

晚飯以後，我們去了公園。媽媽拿出了中秋節的傳統食品——月餅。我們坐在草地上一邊吃月餅一邊賞月。中秋節的月亮又圓又亮，漂亮極了！

10 角色扮演

情景 你們一家人去快餐店吃飯。

例子：

服務員：你們想吃什麼？

爸爸：我要一個熱狗和一個蔬菜沙拉。沙拉裏要黃瓜、生菜和西紅柿，不要胡蘿蔔。

服務員：您想喝點兒什麼？

爸爸：一杯咖啡。

服務員：要大杯、中杯還是小杯？

爸爸：要大杯的。

……

媽媽：我要一個四號套餐。三明治裏請不要放生菜。

……

價目表	
火腿奶酪三明治	￥20.00
烤牛肉三明治	￥25.00
雞蛋三明治	￥20.00
比薩餅	￥12.00
漢堡包	￥15.00
熱狗	￥6.00
香腸	￥8.00
蔬菜沙拉	￥16.00
水果沙拉	￥15.00
巧克力蛋糕	￥25.00
冰淇淋	￥16.00
綠茶	￥6.00/ 熱　￥7.00/ 冰
紅茶	￥6.00/ 熱　￥7.00/ 冰
咖啡	￥12.00/ 大　￥10.00/ 中　￥8.00/ 小
可樂	￥8.00/ 大　￥5.00/ 中　￥3.50/ 小
橙汁	￥7.00/ 大　￥6.00/ 中　￥5.00/ 小

一號套餐	￥23.80
二號套餐	￥26.90
三號套餐	￥28.50
四號套餐	￥29.10
五號套餐	￥30.00

1) 你們家過端午節嗎？

2) 端午節那天你們會去飯店吃飯還是在家吃飯？如果在家吃飯，誰做飯？會做什麼菜？如果去飯店吃飯，會去哪家飯店？那家飯店做的菜是什麼風味的？他們做的菜味道怎麼樣？他們做的什麼菜最好吃？你最喜歡吃什麼甜品？

3) 端午節那天你們家會參加什麼活動？你們會去看龍舟比賽嗎？會去哪裏看龍舟比賽？你參加過龍舟比賽嗎？

4) 你們家過中秋節嗎？

5) 中秋節那天你們會吃月餅嗎？你喜歡吃月餅嗎？你吃過什麼口味的月餅？

6) 中秋節那天你們家會去賞月嗎？你們一般去哪裏賞月？

你可以用

a) 我們家不過端午節，但是我知道中國人過端午節的時候會吃粽子、看龍舟比賽。

b) 我們一般去一家上海飯店吃飯。他們做的小籠包特別好吃。

c) 中國人過中秋節一定要吃月餅，晚上還要賞月。

d) 月餅有好幾種口味，有甜的，也有鹹的。我最喜歡吃冰皮^{bīng pí}月餅，因為這種月餅的口味跟冰淇淋一樣。

12 角色扮演

情景 今天是中秋節。你們一家人要去公園一邊吃月餅一邊賞月。

例子：

（在家裏）

爸爸：我們要帶什麼吃的？

媽媽：要帶月餅。

你：我還想帶一點兒零食，比如餅乾、薯片、糖果。

爸爸：我們要帶什麼喝的？

……

爸爸：我們還要帶什麼？

媽媽：我們還要帶燈籠(dēng long)和蠟燭。

你：媽媽，我想請幾個朋友跟我們一起去，可以嗎？

媽媽：好啊！你給他們打電話吧！

（你給朋友打電話）

你：請問……在家嗎？

……

你可以用

a) 我們再帶一些餅乾和巧克力吧！我們可以坐在草地上一邊吃東西一邊賞月。

b) 我可以做一個水果沙拉。

c) 我們要帶一些飲料，比如可樂、橙汁、葡萄汁。我還想帶一瓶啤酒。

d) 我們要帶上刀叉、紙盤子和紙杯子。

e) 我想帶一副牌(pái)。我們可以在草地上打牌。

f) 我還想帶平板電腦(píng bǎn diàn nǎo)。我可以玩兒電腦遊戲，也可以拍(pāi)一些照(zhào)片(piàn)。

g) 我要看一下天氣預報。今天晚上天氣挺好的，但是氣溫比較低。

第九課　過春節

① 春節 chūn jié the Spring Festival; Chinese New Year's Day

② 大年 dà nián lunar New Year's Day　大年三十 dà nián sān shí lunar New Year's Eve

③ 過年 guò nián celebrate or spend the lunar New Year　為什麼我們每年都要去爺爺奶奶家過年？ wèi shén me wǒ men měi nián dōu yào qù yé ye nǎi nai jiā guò nián

④ 票 piào ticket　**⑤** 重 zhòng attach importance to　重視 zhòng shì attach importance to

⑥ 節日 jié rì festival　春節是中國人最重要的節日。 chūn jié shì zhōng guó rén zuì zhòng yào de jié rì

⑦ 團（团）tuán unite　**⑧** 聚 jù get together　團聚 tuán jù reunite

⑨ 迎接 yíng jiē welcome; greet　中國人要一家人團聚在一起，迎接新的一年。 zhōng guó rén yào yì jiā rén tuán jù zài yì qǐ yíng jiē xīn de yì nián

⑩ 拜 bài extend greetings　拜年 bài nián send New Year greetings　**⑪** 得到 dé dào get

⑫ 壓（压）yā press　壓歲錢 = 紅包 yā suì qián hóng bāo money given to children as a New Year gift

⑬ 關於（于）guān yú about　**⑭** 習 xí habit　**⑮** 俗 sú custom　習俗 xí sú custom

你還知道其他關於春節的習俗嗎？ nǐ hái zhī dào qí tā guān yú chūn jié de xí sú ma

⑯ 夕 xī evening　除夕 chú xī New Year's Eve　**⑰** 年夜 nián yè lunar New Year's Eve　年夜飯 nián yè fàn New Year's Eve dinner

⑱ 包 bāo wrap　**⑲** 餃（饺）子 jiǎo zi dumpling　**⑳** 可 kě used for emphasis　奶奶包的餃子可好吃了！ nǎi nai bāo de jiǎo zi kě hǎo chī le

▲ **Grammar: Pattern: 可 + Adjective + 了**

㉑ 煙 yān smoke　煙花 yān huā fireworks　**㉒** 爆 bào explode　**㉓** 竹 zhú bamboo　爆竹 bào zhú firecrackers

㉔ 放 fàng set off; let off　放爆竹 fàng bào zhú let off firecrackers　**㉕** 正 zhèng exactly　**㉖** 新年 xīn nián New Year

㉗ 舊（旧）jiù past; old　**㉘** 交 jiāo join (periods of time or places)

㉙ 接 jiē join　交接 jiāo jiē connect　除夕夜的十二點正是新年和舊年交接的時候。 chú xī yè de shí èr diǎn zhèng shì xīn nián hé jiù nián jiāo jiē de shí hou

1 模仿例子，完成對話

例子：A: 你知道其他關於春節的習俗嗎？

B: 每年除夕，奶奶都會包餃子。

1) A: 你知道中國人最重要的節日是什麼嗎？

B: _____

2) A: 你知道為什麼中國人大年三十都要回家嗎？

B: _____

3) A: 你知道壓歲錢又叫什麼嗎？

B: _____

4) A: 你知道端午節有什麼傳統活動嗎？

B: _____

5) A: 你知道端午節的傳統食品是什麼嗎？

B: _____

6) A: 你知道中秋節的傳統食品是什麼嗎？

B: _____

2 用所給結構及詞語看圖完成句子

結構：奶奶包的餃子可好吃了！

①  好吃　這種麵包……

②  難吃　那種酸奶……

  好喝　那種綠茶……

  鹹　這碗麵條……

要求 在規定的時間裏填上有關內容。

節日	日期	傳統食品	傳統活動
春節			
端午節			
中秋節			

4 模仿例子，看圖說話

例子：

那家飯店做的五香牛肉可好吃了！我們每次去那裏吃飯都點五香牛肉。

五香牛肉

①
家常豆腐

④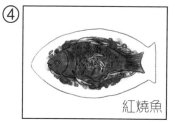
紅燒魚

②
紅燒肉

⑤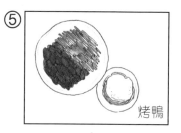
烤鴨

③
炒青菜

⑥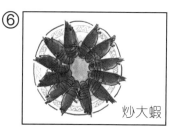
炒大蝦

你可以用

a) 我沒吃過紅燒魚。聽說紅燒魚很好吃，下次去飯店吃飯我想點一個嘗嘗。

b) 我常常吃豆腐。我媽媽做的家常豆腐好吃極了！

c) 因為我特別喜歡吃蝦，所以媽媽經常給我做炒大蝦。

d) 我不喜歡吃豬肉，我喜歡吃牛肉和雞肉。

e) 我非常喜歡吃北京燒鴨。

f) 我很喜歡吃蔬菜。我常吃炒青菜。

課文 1 🎧 34

我們大年三十要去北京跟爺爺奶奶一起過春節。火車票已經買好了。

為什麼我們每年都要去爺爺奶奶家過年？

因為春節是中國人最重要的節日。中國人很重視家庭，要一家人團聚在一起，迎接新的一年。

我也喜歡過年。我最喜歡去親戚家拜年，因為可以得到很多壓歲錢。

除了紅包以外，你還知道其他關於春節的習俗嗎？

吃完年夜飯以後，我可以跟爸爸一起放煙花、放爆竹。另外，每年除夕奶奶都會包餃子。奶奶包的餃子可好吃了！

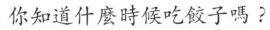

你知道什麼時候吃餃子嗎？

除夕夜的十二點。

對。那正是新年和舊年交接的時候。

1) 中國人為什麼過春節的時候要回家？

2) 除夕夜中國人什麼時候吃餃子？為什麼要在那個時候吃餃子？

3) 中國人一般在哪兒放煙花、爆竹？你住的地方可以放煙花、爆竹嗎？你放過煙花、爆竹嗎？如果讓你放，你會怕嗎？

4) 你們家過春節嗎？今年春節你們是在哪兒過的？大年三十你做了什麼？年夜飯你吃了什麼？你去給親戚朋友拜年了嗎？你得到了多少壓歲錢？你打算怎麼花這些壓歲錢？

5) 明年春節你打算怎麼過？

你可以用

a) 春節是中國最重要的傳統節日。

b) 中國人很重視家庭。過年的時候中國人一定要回家，跟家人團聚一起迎接新的一年。

c) 人們一般在空地（kòng dì）上放煙花、爆竹。我住的地方不可以放煙花、爆竹。

d) 我從來都沒放過煙花、爆竹。如果讓我放，我可能會很怕。

e) 我爸爸媽媽都是中國人。每年春節我們都坐飛機去北京，跟爺爺奶奶一起過年。大年三十我會幫奶奶包餃子。

f) 明年春節我想讓爺爺奶奶來新加坡過年。

g) 我們家每年都在上海過春節。明年我們打算去澳大利亞過一個不一樣的春節，因為那裏是夏天。

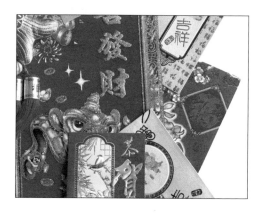

生詞 2 35

❶ zhǔn 準（准）according to　**❷** bèi 備（备）prepare　zhǔn bèi 準備 prepare

wǒ men yí dào guǎng zhōu jiù kāi shǐ wèi guò nián zuò zhǔn bèi le
我們一到廣州就開始為過年做準備了。　◀ Grammar: Pattern: 為 ... 做準備

❸ nián huò 年貨 special purchases for the Spring Festival　**❹** qìng 慶（庆）celebrate　qìng zhù 慶祝 celebrate

❺ sǎo 掃（扫）sweep; clear away　dǎ sǎo 打掃 sweep; clean

❻ chú 除 get rid of　sǎo chú 掃除 cleaning; clean up　dà sǎo chú 大掃除 thorough cleaning　wǒ men huā le yì tiān shí jiān dà sǎo chú 我們花了一天時間大掃除。

❼ wū 屋 room; house　wū zi 屋子 room　wèi le qìng zhù chūn jié 為了慶祝春節，wǒ men bǎ wū zi dǎ sǎo de gān gān jìng jìng de 我們把屋子打掃得乾乾淨淨的。

❽ guà 掛（挂）hang　**❾** dēng 燈（灯）lamp; light　dēng long 燈籠 lantern　wǒ men zài kè tīng li guà shang le hóng dēng long 我們在客廳裏掛上了紅燈籠。

❿ tiē 貼（贴）paste; stick　**⓫** lián 聯（联）couplet　chūn lián 春聯 Spring Festival couplets

wǒ men zài mén shang tiē shang le chūn lián
我們在門上貼上了春聯。

⓬ kāi xīn guǒ 開心果 pistachio　**⓭** huā shì 花市 flower market

⓮ táo huā 桃花 peach blossom　**⓯** bǎi hé huā 百合花 lily　**⓰** chūn juǎn 春卷 spring roll　**⓱** nián gāo 年糕 New Year cake

⓲ tāng yuán 湯圓 stuffed dumpling of glutinous rice flour served in soup

⓳ xī 希 hope　**⓴** wàng 望 hope　xī wàng 希望 hope　**㉑** yú 餘（余）surplus　chī yú shì xī wàng nián nián yǒu yú 吃魚是希望"年年有餘"。

㉒ shēng 升 raise; promote　gāo shēng 高升 rise in position　chī nián gāo shì xī wàng nián nián gāo shēng 吃年糕是希望"年年高升"。

㉓ tuán yuán 團圓 reunion　chī tāng yuán shì xī wàng tuán tuán yuán yuán 吃湯圓是希望"團團圓圓"。

㉔ zhe 着 a particle　wǒ chuān zhe xīn yī fu qù gěi qīn qi bài nián 我穿着新衣服去給親戚拜年。

▲ Grammar: "着" indicates the continuation of an action.

㉕ wǔ lóng 舞龍 dragon dance　**㉖** shī 獅（狮）lion　wǔ shī 舞獅 lion dance　**㉗** nào 鬧（闹）noisy　rè nao 熱鬧 bustling

wǒ men qù kàn le wǔ lóng wǔ shī kě rè nao le
我們去看了舞龍、舞獅，可熱鬧了！

6 用所給詞語填空並翻譯句子

結構：我們把屋子打掃得<u>乾乾淨淨</u>的。

1) 我的房間總是 _____ 的。

2) 今天晚上有合唱比賽，大家都穿得 _____ 的。

3) 媽媽 _____ 地接過了我們送的母親節禮物。

4) 踢完足球以後，哥哥回家 _____ 地洗了一個澡。

5) 妹妹今天 _____ 地過了十歲生日。

6) 春節的時候，一家人會團聚在一起 _____ 地迎接新的一年。

┌─ 你可以用 ─┐
a) 高高興興
b) 乾乾淨淨
c) 熱熱鬧鬧
d) 舒舒服服
e) 漂漂亮亮
f) 開開心心
└───────┘

7 用所給結構及詞語看圖說話

結構：年初一，我穿着新衣服去拜年。

①  聽　做飯

②  看　吃飯

③  彈　唱歌

④  坐　看書

104

8 用所給結構及詞語寫句子

結構：我們在客廳裏掛上了紅燈籠。　我們沒有找到合適的禮物。

① 貼上　春聯

⑤ 寫完　作業

② 拿出　月餅

⑥ 借到　小説

③ 買好　火車票

⑦ 搬進　樓房

④ 接過　禮物

⑧ 點亮　蠟燭

9 聽課文錄音，回答問題

1) 他們今年是在哪兒過春節的？

2) 他們是從什麼時候開始為過年做準備的？

3) 他們在門上貼了什麼？

4) 他們在花市買了什麼花？

5) 他們年夜飯做了哪些菜？

6) 中國人過年的時候為什麼要吃魚？

7) 年初一她做了什麼？

8) 年初二她做了什麼？

今年我們是在廣州外公外婆家過春節的。

我們一到廣州就開始為過年做準備了。我和媽媽先去買了很多年貨，然後花了一天時間大掃除。為了慶祝春節，我們把屋子打掃得乾乾淨淨的，還在客廳裏掛上了紅燈籠，在門上貼上了春聯，在桌子上擺上了開心果等零食。

大年三十上午我和爸爸去逛了花市。我們買了桃花和百合花。下午我們全家人一起準備年夜飯。我們做了很多菜，有春卷、蒸魚、炒年糕、湯圓等等。魚、年糕和湯圓是春節的傳統食品。吃魚是希望"年年有餘"，吃年糕是希望"年年高升"，吃湯圓是希望"團團圓圓"。

年初一，我穿着新衣服去給親戚拜年，祝他們新年快樂、身體健康。年初二，我們去看了舞龍、舞獅，可熱鬧了！

10 小組活動

A 回答問題

中國人過年的習俗

1) 中國人春節以前會做哪些準備？
   • 大掃除　　　　　•　　　　　•

2) 中國人年夜飯一般吃什麼？為什麼？
   • 吃魚，因為中國人希望 "年年有餘"
   •
   •

3) 中國人怎樣慶祝春節？
   • 放煙花，放爆竹　　　　　　•

B 用所給問題編對話

1) 你們家今年春節是在哪兒過的？

2) 春節以前你們做了什麼準備？你買新衣服了嗎？你們去花市買花了嗎？你們家掛燈籠了嗎？

3) 你們家誰做年夜飯？做了哪些飯菜？

4) 你們家除夕包餃子了嗎？你幫忙了嗎？

5) 除夕夜你們一家人聚在一起做了什麼？

6) 你去看舞龍、舞獅了嗎？

7) 你去給親戚拜年了嗎？拜年的時候你說了什麼？

8) 除了春節，你們家還過其他中國的傳統節日嗎？過什麼節？

9) 你最喜歡哪個節日？為什麼？

要求 在規定的時間裏列出要做的事。

① 為新學期做準備
- 買文具：鉛筆、練習本
- 買校服
- 買課本

父親節

② 為母親節做準備
-
-
-

③ 為父親節做準備
-
-
-

④ 為春節做準備
-
-
-

母親節

⑤ 為暑假去北京學漢語做準備
-
-
-

春節

12 角色扮演

情景 你要請一個外國朋友大年三十晚上來你家吃年夜飯。

例子：

（你給朋友打電話）

你：今天是大年三十。你在做什麼？

朋友：我在家裏上網。你找我有事嗎？

你：你一個人在家裏，會不會覺得沒有意思？我父母想請你今天晚上來我家吃年夜飯。

朋友：太好了！謝謝！我怎麼去你家？

你：我爸爸一個小時以後會開車去接你。你在家裏等他吧！

朋友：你們太客氣了！我自己坐出租車去吧！我應該給你爸爸媽媽帶什麼禮物？

你：不用帶禮物，你來我家吃飯就行了。

……

（在你家）

媽媽：請進！歡迎你來我們家！

朋友：阿姨，您好！

……

你可以用

a) 我一定要給你父母買點兒東西。我去買一束鮮花，怎麼樣？

b) 你今天晚上可以在我家過夜。今天的年夜飯會吃很長時間。吃完年夜飯以後，我們可以去外面放煙花、放爆竹。

c) 那太不好意思了！我在你家過夜會不會不方便？

d) 春節是中國人最重要的節日。你應該和我們一起慶祝。

e) 每個菜我都喜歡。我最愛吃春卷和年糕。

第十課　問路

生詞 1 37

❶ shè 社 agency　　lǚ xíng shè 旅行社 travel agency　　❷ chē zhàn 車站 station

❸ tī 梯 ladder; stairs　　diàn tī 電梯 lift; elevator　　❹ guò 過 cross　　❺ jiē 街 street

❻ qiáo 橋(桥) bridge　　guò jiē tiān qiáo 過街天橋 pedestrians' overpass　　nǐ xiān qù qiánmiàn zuò diàn tī　guò guò jiē tiān qiáo 你先去前面坐電梯，過過街天橋。

❼ yì zhí 一直 straight　　❽ yán 沿 along　　❾ lù kǒu 路口 intersection　　shí zì lù kǒu 十字路口 crossroads

❿ guǎi 拐 turn　　⓫ zhuǎn 轉 turn

⓬ wǎng 往 towards　　⓭ xiàng 向 towards　　nǐ yán zhe nà tiáo lù yì zhí wǎngqián zǒu　zài dì èr ge lù kǒu xiàng yòu guǎi 你沿着那條路一直往前走，在第二個路口向右拐。

▲ **Grammar: Pattern: 往 / 向 + Direction + Verb**

⓮ gèng 更 more　　zuò dì tiě gèngfāngbiàn 坐地鐵更方便。

⓯ xiàn 線(线) route　　nǐ kě yǐ qù zuò dì tiě hào xiàn 你可以去坐地鐵 5 號線。　　⓰ mǎ lù 馬路 road; street

⓱ hóng lù dēng 紅綠燈 traffic lights　　nǐ zài nà bian guò mǎ lù　dì tiě zhàn jiù zài hóng lù dēng de yòu bian 你在那邊過馬路，地鐵站就在紅綠燈的右邊。

⓲ zuǒ shǒu 左手 left hand　　⓳ yòu shǒu 右手 right hand　　⓴ jǐng 警 vigilant　　㉑ chá 察 examine　　jǐng chá 警察 police

㉒ mí 迷 be lost　　mí lù 迷路 get lost　　㉓ huǒ chē zhàn 火車站 train station

㉔ fāng xiàng 方向 direction　　nǐ zǒu cuò fāng xiàng le 你走錯方向了。

㉕ lù guò 路過 pass by　　nǐ huì lù guò yì jiā dà chāo shì 你會路過一家大超市。

㉖ gài 概 general　　dà gài 大概 approximately; probably

㉗ shān 山 hill; mountain　　shān jiǎo 山腳 foot of a hill or mountain

nǐ huì lù guò yì jiā dà chāo shì　zài zǒu dà gài wǔ fēn zhōng　zǒu dào shān jiǎo xià　nǐ jiù néng kàn dào huǒ chē zhàn le
你會路過一家大超市，再走大概五分鐘，走到山腳下，你就能看到火車站了。

小組活動

要求 在地圖上找到這些地方。

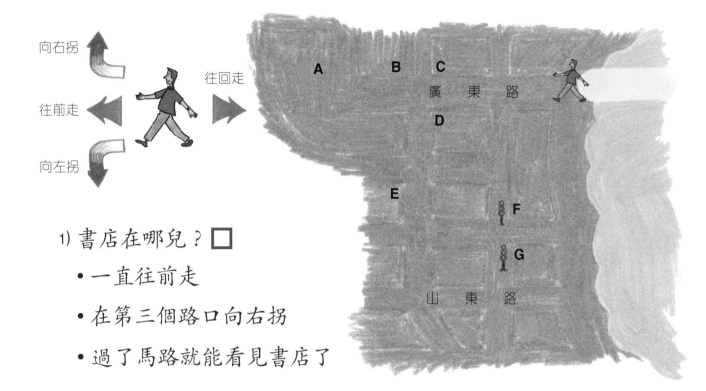

1) 書店在哪兒？ □
   - 一直往前走
   - 在第三個路口向右拐
   - 過了馬路就能看見書店了

2) 銀行在哪兒？ □
   - 往前走
   - 在第一個路口向左拐
   - 一直往前走
   - 看見紅綠燈以後過馬路
   - 銀行就在你的左手邊

3) 醫院在哪兒？ □
   - 一直往前走
   - 在第二個十字路口向左拐
   - 醫院就在你的左手邊

4) 飯店在哪兒？ □
   - 一直往前走
   - 在第二個十字路口向右拐
   - 飯店就在你的右手邊

5) 地鐵站在哪兒？ □
   - 往前走
   - 在第一個十字路口向左拐
   - 一直往前走
   - 看見紅綠燈以後不要過馬路
   - 地鐵站就在你的左手邊

情景 你在公園附近,要去中山醫院。

例子:

你:警察先生,您好!我想去中山醫院。您能告訴我怎麼走嗎?

警察:中山醫院離這裏不遠。你在這個十字路口往左拐,然後一直往前走,過了馬路就到中山醫院了。

你:謝謝您!

警察:不客氣。

你可以用

a) 你在前面的十字路口向左拐。

b) 你在第一個路口向右轉,然後一直往前走,大概走五分鐘就到了。

c) 地鐵站離這兒不遠。

d) 文具店就在超市隔壁。

e) 你沿着和彩路一直走,走到第二個路口向左拐。

f) 你會路過一家書店。

g) 第五小學就在你的左手邊。

小任務

1) 從超市去游泳池

2) 從火車站去電影院

3) 從第五小學去 8 路車站

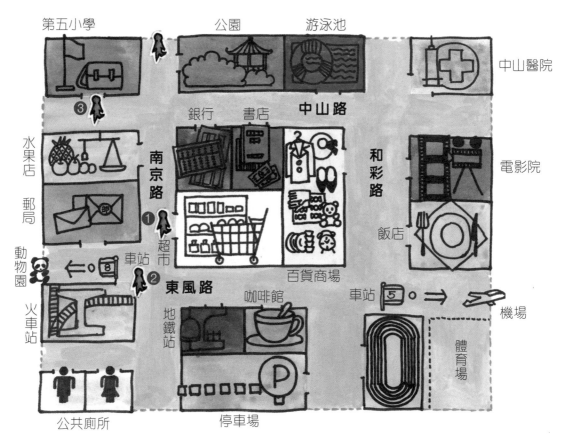

課文 1

1

請問，怎麼去平安旅行社（lǔ xíng shè）？

你可以坐公共汽車，也可以坐地鐵。

如果我坐公共汽車，要坐哪路車？

5 路或者 10 路都行。車站（chē zhàn）離這兒不遠。你先去前面坐電梯（diàn tī），過過（guò guò）街天橋（jiē tiān qiáo），然後沿（yán）着那條路一直往（yì zhí wǎng）前走，在第二個路口（lù kǒu）向右拐（xiàng guǎi）。車站就在你的右手邊（yòu shǒu）。

那坐地鐵呢？

坐地鐵更（gèng）方便。你可以去坐 5 號線（xiàn），坐三站就到了。你在那邊過馬路（mǎ lù），地鐵站就在紅綠燈（hóng lù dēng）的右邊。

謝謝您！ 不客氣。

2

警察（jǐng chá）先生，您好！您能不能幫幫我？

沒問題。什麼事？

我迷路（mí lù）了。請問，去火車站（huǒ chē zhàn）怎麼走？

你走錯方向（fāngxiàng）了。你應該在那個十字（shí zì）路口（lù kǒu）向左轉（zhuǎn），然後一直往前走。你會路過（lù guò）一家大超市，再走大概（dà gài）五分鐘，走到山腳（shān jiǎo）下，你就能看到火車站了。火車站就在你的左手邊（zuǒ shǒu）。

情景 你在花園路，要去地鐵站。

例子：

你：先生，您好！我要去地鐵站。您能告訴我怎麼走嗎？

路人：沒問題。地鐵站離這兒很近。你先往前走，在前面過馬路，然後上電梯，過過街天橋。地鐵站就在西美大樓下面。

你：謝謝您！

路人：不客氣。

你可以用

a) 你在那裏坐電梯，過過街天橋。你先穿過西美大樓，然後穿過中心大樓，就到花園路了。

b) 你沿着花園路一直往前走，在第一個路口向左拐。

c) 你在前面的十字路口過馬路。

d) 你會路過一個大商場，再走大概五分鐘就到了。

小任務

1) 從北清大樓去東興大樓
2) 從大新酒店去中心大樓

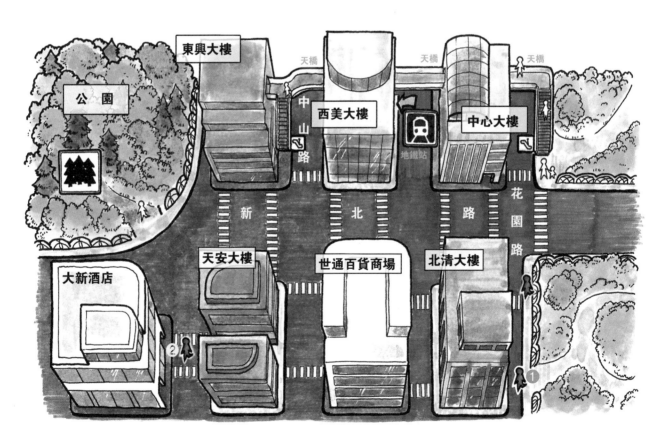

生詞 2 39

① zhái 宅 residence　　zhù zhái 住宅 residence　　**②** qū 區 area　　xiǎo qū 小區 a housing estate　　zhù zhái xiǎo qū 住宅小區 a housing estate

③ yáng 陽（阳）sun　　tài yáng 太陽 sun　　**④** zhōu wéi 周圍 around　　**⑤** shēng huó 生活 life

⑥ cái 才 used to show that something has just happened

suī rán zhè ge xiǎo qū cái jiàn hǎo liǎng nián　　dàn shì zhōu wéi de shēng huó shè shī hěn qí quán
雖然這個小區才建好兩年，但是周圍的生活設施很齊全。

⑦ gòu 購（购）buy　　gòu wù 購物 shopping

⑧ guǎng 廣 (of area, scope) wide; vast　　guǎng chǎng 廣場 plaza　　gòu wù guǎng chǎng 購物廣場 shopping plaza; mall

⑨ pái 牌 brand　　míng pái 名牌 famous brand

⑩ shǒu 首 head　　**⑪** shì 飾（饰）decoration; ornament　　shǒu shì 首飾 jewellery

⑫ yòng pǐn 用品 articles for use　　tǐ yù yòng pǐn 體育用品 sports goods　　**⑬** jú 局 office; bureau　　yóu jú 郵局 post office

⑭ shì chǎng 市場 market　　cài shì chǎng 菜市場 food market　　**⑮** biàn lì 便利 convenient　　biàn lì diàn 便利店 convenience store

⑯ zhōng yào 中藥 traditional Chinese medicine　　**⑰** huì suǒ 會所 clubhouse　　**⑱** shì wài 室外 outdoor

⑲ jiàn shēn 健身 keep fit　　jiàn shēn fáng 健身房 gym; fitness centre

⑳ huó dòng shì 活動室 recreation room　　**㉑** tóng 童 child　　ér tóng 兒童 children　　**㉒** jiāo tōng 交通 transportation

㉓ huán 環 surround　　**㉔** jìng 境 place; land　　huán jìng 環境 environment

㉕ yōu 優（优）excellent　　yōu měi 優美 beautiful

㉖ jǐn 僅（仅）only　　bù jǐn 不僅 not only

㉗ ér qiě 而且 but (also)　　bù jǐn……，ér qiě…… 不僅……，而且…… not only...but also...

zhè ge xiǎo qū bù jǐn shè shī qí quán　　jiāo tōng fāng biàn　　ér qiě huán jìng yōu měi
這個小區不僅設施齊全、交通方便，而且環境優美。

4 用所給結構及詞語完成句子

結構：這個小區才建好兩年。

1) 我們學校 ＿＿＿＿＿＿＿＿，校園裏的設施都非常新。（一年）

2) 這些葡萄 ＿＿＿＿＿＿＿＿，太便宜了！（十塊錢）

3) 我到這所學校 ＿＿＿＿＿＿＿＿，還沒有朋友。（一個星期）

4) 外婆去世的時候，媽媽 ＿＿＿＿＿＿＿＿。（八歲）

5) 他 ＿＿＿＿＿＿＿＿，已經會寫很多字了。（五歲）

6) 我家的小狗 ＿＿＿＿＿＿＿＿。（一個月）

5 看圖寫詞

①
clothing store

②
bus station

③
bookstore

④
Western pharmacy

⑤
stationery store

⑥
supermarket

⑦
parking lot

⑧
public toilet

⑨
cinema

⑩
department store

⑪
post office

⑫
police station

⑬
sports goods store

⑭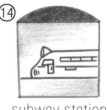
subway station

⑮
food market

⑯
jewellery store

⑰
convenience store

⑱
Chinese medicine pharmacy

⑲
gym

⑳
children's playroom

6 用所給結構及詞語看圖完成句子

結構：這個小區不僅設施齊全、交通方便，而且環境優美。

① 室內　室外

這個會所不僅有⋯⋯

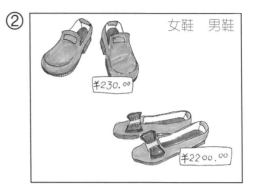

② 女鞋　男鞋

¥230.00

¥2200.00

這家鞋店不僅賣⋯⋯

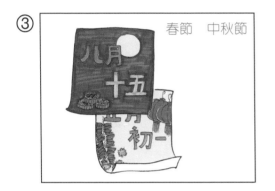

③ 春節　中秋節

我們家不僅慶祝⋯⋯

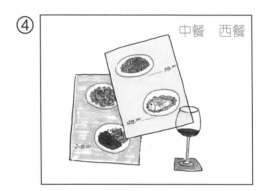

④ 中餐　西餐

在這家餐廳，你不僅能吃到⋯⋯

7 聽課文錄音，回答問題

1) 他家的小區是什麼時候建好的？

2) 小區附近有什麼公共設施？

3) 購物廣場在哪兒？

4) 購物廣場裏有什麼商店？

5) 幼兒園在哪兒？

6) 便利店在哪兒？

7) 會所裏有幾個游泳池？

8) 他為什麼喜歡住在這裏？

最近，我們家搬進了一個新的住宅小區。小區的名字叫太陽新區。雖然這個小區才建好兩年，但是周圍的生活設施很齊全。

　　小區附近有公共圖書館、公共汽車站、地鐵站等。地鐵站上面是一個購物廣場。購物廣場裏有名牌服裝店、鞋帽店、首飾店、體育用品店、飯店等等。地鐵站對面是一個幼兒園。幼兒園旁邊有郵局、菜市場、便利店和中藥店。小區裏還有一個會所。會所裏有一個室內游泳池、一個室外游泳池、一個健身房、一個多功能活動室和一個兒童活動室。

　　這個小區不僅設施齊全、交通方便，而且環境優美。我非常喜歡住在這裏！

8 角色扮演

情景 你們家上個星期搬進了康平小區。你請朋友去你的新家玩。

例子：

你：你這個星期六有事嗎？我想請你來我的新家玩。

朋友：好啊！什麼時候？

你：什麼時候都行。如果你上午來，我們可以先去游一個小時泳，然後去逛商場。

朋友：對不起，我上午有點兒事。我下午三點左右去你家，行嗎？

你：可以。我的新家離你家不遠。你可以……。你想去我們小區的會所打網球嗎？

朋友：我不喜歡打網球。你們的會所能做其他活動嗎？

……

會所開放時間

室內 / 室外游泳池

6:30 – 12:30

13:30 – 17:30

18:30 – 22:00

乒乓球室

8:00 – 12:30

13:30 – 17:30

網球場

9:00 – 12:30

13:00 – 18:00

健身房

6:30 – 12:00

13:30 – 17:30

18:00 – 21:00

1) 你家附近有什麼公共交通？你經常坐哪路公共汽車？

2) 你家附近有什麼公共設施？你經常用哪些公共設施？

3) 你家附近有菜市場嗎？你們家一般去那裏買什麼？

菜市場

4) 你家附近有超市嗎？你們家一般去那裏買什麼？

5) 你家附近有便利店嗎？你常去那裏買東西嗎？

便利店

6) 你家附近有大商場嗎？那個商場一共有幾層？裏面有什麼商店？裏面有電影院嗎？你經常去那裏看電影嗎？裏面有飯店嗎？那裏做的飯菜是什麼風味的？裏面有服裝店嗎？你在那裏買過衣服嗎？那裏的衣服貴嗎？

商場

10 角色扮演

情景 你在路上遇到一個遊客。他想去國家公園。你告訴他怎麼走。

例子：

遊客：您好！請問，怎麼去國家公園？

你：你可以坐地鐵，也可以坐公共汽車。

遊客：如果我坐地鐵要坐到哪站？車票大概多少錢？

你：你在藍平站上車，去坐 3 號線。你要坐五站，在天后站下車。車票大概六塊錢。天后站離國家公園挺近的。下車以後，你可以再問問別人。

遊客：那坐公共汽車呢？

你：坐公共汽車比較便宜。你還在藍平站上車，坐六站，在利康站下車。

遊客：好。謝謝您！

你：不客氣。

小任務

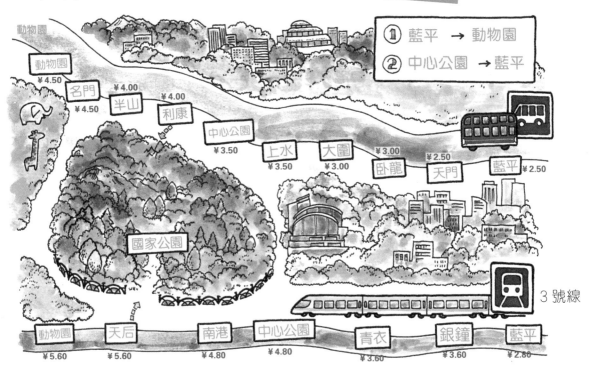

121

生詞 1 🎧 41

① shǔ qī bān
暑期班 summer school

② lìng
令 season

③ yíng
營（营）camp

xià lìng yíng
夏令營 summer camp

wǒ yǒu de shí hou cān jiā shǔ qī bān　　yǒu de shí hou cān jiā xià lìng yíng　　hái yǒu de shí hou gēn jiā rén qù guó wài lǚ xíng
我有的時候參加暑期班，有的時候參加夏令營，還有的時候跟家人去國外旅行。

Grammar: **Pattern:** 有的時候 ...，有的時候 ...，還有的時候 ...

④ chéng
乘 take; ride

chéng zuò
乘坐 take (a plane or boat); ride (in a train or vehicle)

⑤ lún
輪（轮）steamboat

yóu lún
遊輪 cruise

⑥ dōng nán
東南 southeast

dōng nán yà
東南亞 Southeast Asia

jīn nián shǔ jià wǒ men chéng zuò yóu lún yóu lǎn le dōng nán yà de jǐ ge guó jiā
今年暑假我們乘坐遊輪遊覽了东南亞的幾個國家。

⑦ gōng jù
工具 tool

⑧ yìng
硬 hard

yìng wò
硬卧 hard sleeping berth

⑨ ruǎn
軟（软）soft

ruǎn wò
軟卧 soft sleeper

⑩ wú
無（无）nothing

wú liáo
無聊 bored

⑪ pái
牌 playing cards

dǎ pái
打牌 play cards

⑫ shū shì
舒適 comfortable

⑬ huì
惠 favour; benefit

shí huì
實惠 economical

zuò huǒ chē bǐ zuò fēi jī gèng shū shì　　gèng shí huì
坐火車比坐飛機更舒適，更實惠。

Grammar: **Sentence Pattern:** Noun₁ + 比 + Noun₂ + 更 + Adjective

⑭ jī
機 opportunity

jī huì
機會 opportunity

⑮ sì chuān
四川 Sichuan

rú guǒ yǒu jī huì　　wǒ xiǎng zuò huǒ chē qù sì chuān
如果有機會，我想坐火車去四川。

⑯ jǐng
景 scenery

fēng jǐng
風景 scenery

jǐng diǎn
景點 scenic spot

⑰ zhù
著 show

zhù míng
著名 famous

tīng shuō sì chuān de fēng jǐng fēi cháng měi　　yǒu hěn duō zhù míng de jǐng diǎn
聽說四川的風景非常美，有很多著名的景點。

⑱ dòng wù yuán
動物園 zoo

⑲ xióng
熊 bear

dà xióng māo
大熊貓 panda

⑳ bǎo
保 protect

bǎo hù
保護 protect

wǒ hái xiǎng qù dà xióng māo bǎo hù qū kàn kan
我還想去大熊貓保護區看看。

㉑ lìng
另 other

lìng wài
另外 in addition

㉒ yì zhí
一直 always

㉓ dì dao
地道 genuine

lìng wài　　wǒ xǐ huan chī là de　　yì zhí dōu xiǎng qù chángchang dì dao de sì chuān cài
另外，我喜歡吃辣的，一直都想去嘗嘗地道的四川菜。

1 小組活動

要求 在規定的時間裏寫出在遊輪、火車和飛機上可以做的活動。

乘遊輪	坐火車	坐飛機
• 游泳	• 打牌	• 看電影
•	•	•
•	•	•
•	•	•
•	•	•

2 用所給結構看圖完成句子

結構：坐火車比坐飛機更舒適。

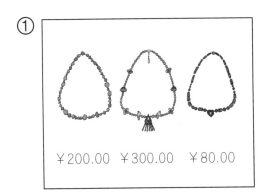

① 中間的項鏈比……

② 大哥比二哥……

③ 藍色的汽車比黃色的汽車……

④ 坐地鐵比坐電車……

3 看地圖完成句子

1) 香港在中國的東南部。_____

2) 北京 _____

3) 上海 _____

4) 西安 _____

5) 廣州 _____

6) 昆明 _____

7) 海口 _____

8) 烏魯木齊 _____

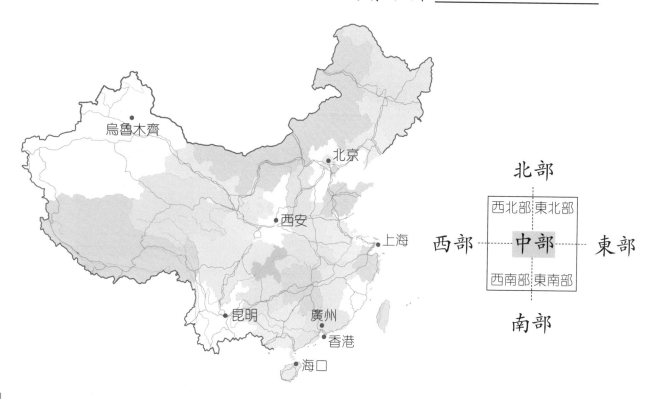

4 用所給結構完成句子

結構：我有的時候參加暑期班，有的時候參加夏令營，還有的時候跟家人去國外旅行。

1) 午飯我有的時候吃 _____。

2) 課間休息我有的時候 _____。

3) 週末我有的時候 _____。

課文 1

王方，你暑假一般怎麼過？

我有的時候參加暑期班，有的時候參加夏令營，還有的時候跟家人去國外旅行。今年暑假我們乘坐遊輪遊覽了東南亞的幾個國家。

你們旅行的時候一般選擇哪種交通工具？

我們一般坐飛機，但是我們去年是坐火車去北京的。

你們坐的是硬臥還是軟臥？
坐火車會不會無聊？

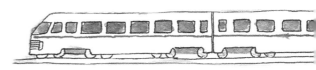

我們坐的是軟臥。坐火車一點兒都不無聊。我們可以在火車上打牌、玩兒電腦遊戲。另外，火車票也比飛機票便宜得多。我覺得坐火車比坐飛機更舒適，更實惠。

你以後還想坐火車旅行嗎？

對。如果有機會，我想坐火車去四川。聽說四川的風景非常美，有很多著名的景點。我還想去大熊貓保護區和動物園看看。另外，我喜歡吃辣的，一直都想去嘗嘗地道的四川菜。

1) 你去過東南亞的哪些國家？你最喜歡哪個國家／城市？為什麼？

2) 你去過歐洲的哪些國家？你最喜歡哪個國家／城市？你在那裏遊覽了哪些著名的景點？

3) 你旅遊的時候一般選擇哪種交通工具？你覺得哪種交通工具比較舒適、實惠？

4) 你乘遊輪旅遊過嗎？你乘遊輪去了哪裏？你覺得乘遊輪旅遊舒適嗎？在遊輪上可以做什麼？

5) 你坐火車旅遊過嗎？你坐的是硬臥還是軟臥？你覺得坐火車旅遊舒適嗎？在火車上可以做什麼？

6) 你今年暑假打算怎麼過？如果有機會去中國參加漢語夏令營，你想去哪裏？為什麼想去那裏？

niǔ yuē
紐約

新加坡

bā lí
巴黎

lún dūn
倫敦

生詞 2 43

① **東北** dōng běi the Northeast
② **哈爾濱（滨）** hā ěr bīn Harbin, capital city of Heilongjiang Province

③ **賓（宾）** bīn guest　**賓館** bīn guǎn guesthouse
④ **途** tú way　**長途** cháng tú long-distance
⑤ **巴士** bā shì bus

⑥ **訂（订）** dìng book
⑦ **觀賞** guān shǎng enjoy the sight of
⑧ **冰燈** bīngdēng ice lamp

⑨ **期間** qī jiān time; period　在哈爾濱期間我們不但可以滑雪，還可以觀賞冰燈和雪景。
zài hā ěr bīn qī jiān wǒ men bú dàn kě yǐ huá xuě hái kě yǐ guān shǎng bīng dēng hé xuě jǐng

⑩ **信** xìn letter; mail; believe　**明信片** míng xìn piàn postcard　**相信** xiāng xìn believe

⑪ **忘** wàng forget　**難忘** nán wàng unforgettable　相信這一定會是一次難忘的旅行。
xiāng xìn zhè yí dìng huì shì yí cì nán wàng de lǚ xíng

⑫ **像** xiàng be alike　那裏的雪景像明信片一樣，漂亮極了！
nà li de xuě jǐng xiàng míng xìn piàn yí yàng piào liang jí le

▲ Grammar: Pattern: 像 ... 一樣

⑬ **數（数）碼** shù mǎ digital
⑭ **相機** xiàng jī camera　**數碼相機** shù mǎ xiàng jī digital camera

⑮ **拍** pāi take (a photo)
⑯ **照** zhào take a picture　**照片** zhàopiàn photo; picture　爸爸叫我多拍一些照片。
bà ba jiào wǒ duō pāi yì xiē zhàopiàn

⑰ **奮（奋）** fèn act vigorously　**興奮** xīng fèn be excited　我和媽媽都越聽越興奮。
wǒ hé mā ma dōu yuè tīng yuè xīng fèn

▲ Grammar: "越 ... 越 ..." means "the more... the more..." .

⑱ **逛街** guàng jiē shopping; window shopping
⑲ **鏡（镜）** jìng glass　**太陽鏡** tài yáng jìng sunglasses

⑳ **行李** xíng li luggage
㉑ **箱** xiāng box; case
㉒ **正巧** zhèngqiǎo happen to

㉓ **合算** hé suàn be worthwhile　滑雪鏡現在正巧買一送一，可合算了！
huá xuě jìng xiàn zài zhèngqiǎo mǎi yī sòng yī kě hé suàn le

㉔ **合理** hé lǐ reasonable
㉕ **運氣** yùn qi luck
㉖ **廉** lián cheap　**物美價廉** wù měi jià lián inexpensive but of fine quality

㉗ **這麼** zhè me so; such　今天的運氣真好，買到了這麼多物美價廉的東西！
jīn tiān de yùn qi zhēn hǎo mǎi dào le zhè me duō wù měi jià lián de dōng xi

▲ Grammar: Pattern: 這麼 + Adjective + 的 + Noun

㉘ **期** qī expect
㉙ **待** dài wait for　**期待** qī dài expect　我們都特別期待穿着新滑雪服去滑雪。
wǒ men dōu tè bié qī dài chuān zhe xīn huá xuě fú qù huá xuě

用所給結構及詞語看圖完成句子

結構：我和媽媽都越聽越興奮。

①  看
這隻熊貓越……

②  吃
媽媽包的餃子我越……

③  下
今天風很大，雨也……

④  想
滑雪鏡買一送一。我……

7 用所給結構看圖完成句子

結構：那裏的雪景像明信片一樣。

①
她養了很多寵物。她家像＿＿一樣。

②  fáng chē
房車裏有客廳、臥室、浴室和廚房。房車像＿＿一樣。

③
中秋節的月亮又圓又亮，像＿＿一樣。

④
今天的最高氣溫是四十度，太熱了！像＿＿一樣。

8 小組活動

要求 在規定的時間裏寫出乘坐以下交通工具的好處和壞處。

	坐飛機	坐火車	乘遊輪
好處	• 快	•	•
	•	•	•
	•	•	•
	•	•	•
	•	•	•
	•	•	•
壞處	•	•	•
	•	•	•

你可以用

a) 可以選擇喜歡的飯菜。

b) 路上可以看風景。

c) 可以做各種活動，比如
打牌、下棋、看書。

d) 有各種設施，比如游泳
池、健身房、餐廳等。

e) 什麼時候購物都可以。

f) 白天和晚上都有活動。

g) 不用找賓館。

h) 車票比較便宜。

i) 乾淨　方便　舒適
安全　實惠　無聊

9 聽課文錄音，回答問題

1) 他們今年冬天要去哪裏度假？

2) 他們訂長途旅遊巴士票了嗎？

3) 他們在哈爾濱可以做什麼？

4) 那裏的雪景怎麼樣？

5) 爸爸叫她帶上什麼去度假？

6) 她和媽媽今天買了什麼？

7) 她們買的滑雪服怎麼樣？

8) 她們為什麼覺得今天運氣很好？

今年寒假我們要去東北度假。在那裏的賓館和長途旅遊巴士票都已經訂好了。爸爸説在哈爾濱期間我們不但可以滑雪，還可以觀賞冰燈和雪景。那裏的雪景像明信片一樣，漂亮極了！爸爸叫我帶上數碼相機，多拍一些照片。我和媽媽都越聽越興奮。

今天我跟媽媽去逛街了。我們買了太陽鏡、滑雪鏡、滑雪服和一個大行李箱。滑雪鏡現在正巧買一送一，可合算了！我們買的滑雪服也很好，不僅款式好看，而且價錢合理。今天的運氣真好，買到了這麼多物美價廉的東西！

我們都特別期待穿着新滑雪服去滑雪。相信這一定會是一次難忘的旅行。

10 小組活動

要求 上網查雲南和西藏的天氣、美食和旅遊景點。說一說去這些地方旅行要帶什麼。

①

yún nán luó sī wān
雲南螺螄灣

七月去五天

天氣：＿＿＿＿＿＿＿＿＿＿＿＿

美食：＿＿＿＿＿＿＿＿＿＿＿＿

旅遊景點：＿＿＿＿＿＿＿＿＿＿

交通工具：＿＿＿＿＿＿＿＿＿＿

要帶的衣服：＿＿＿＿＿＿＿＿＿

②

xī zàng dà zhāo sì
西藏大昭寺

十月去十天

天氣：＿＿＿＿＿＿＿＿＿＿＿＿

美食：＿＿＿＿＿＿＿＿＿＿＿＿

旅遊景點：＿＿＿＿＿＿＿＿＿＿

交通工具：＿＿＿＿＿＿＿＿＿＿

要帶的衣服：＿＿＿＿＿＿＿＿＿

你可以用

a) 雲南七月是雨季，經常下雨。

b) 雲南七月溫差比較大，氣溫在十五度到二十八度之間。

c) 雲南最有名的美食是過橋米線。

d) 如果去雲南，一定要去大理、麗江和香格里拉。

e) 麗江最有名的景點是玉龍雪山，我們可以坐纜車觀賞雪山美景。

f) 在雲南旅遊非常方便，可以坐火車，也可以坐長途旅遊巴士。

g) 雲南七月常常下雨。我們一定要帶雨具。下雨的時候天氣比較冷，得帶一件外套。

情景　在旅行社，你想訂去廣州的火車票。

例子：

你：您好！我要訂去廣州的火車票。

服務員：你要訂哪天的票？訂幾點的票？

你：七月六號上午九點。

服務員：你要訂硬臥還是軟臥？

你：要軟臥。

服務員：你要訂往返票還是單程票？
　　　　wǎng fǎn　　　　　　dān chéng
　　　　要訂幾張票？

你：一張單程票。多少錢？

服務員：一百五十塊。

你：給你兩百。

服務員：找你五十塊。

小任務

打電話訂飛機票。

12 用所給結構完成句子

結構：我們買到了這麼多物美價廉的東西，今天的運氣真好！

① 今天是我的生日。我收到了這麼多……

② 媽媽今天買了這麼多好看的……

③ 哈爾濱有這麼漂亮的……

④ 年夜飯，奶奶做了這麼多……

13 口頭報告

要求 説一説你今年暑假的打算。

- 做功課
- 讀書
- 看電視
- 看電影
- 上網
- 玩兒電腦遊戲
- 做運動
- 找朋友玩
- 逛街購物
- 參加補習班
- 參加夏令營
- 去旅行
- 其他

你可以用

a) 每年暑假我都參加漢語補習班。我覺得漢語很有用，也很重要。我想學好漢語。

b) 我的愛好是彈鋼琴。暑假期間，我每天都彈兩個小時鋼琴。

c) 我每年暑假都參加體育夏令營。在夏令營裏我們做各種各樣的體育運動，比如打排球、打籃球、踢足球。

d) 假期裏，週末我會跟朋友一起出去玩，其他時間我會在家學習。

e) 假期裏我每天都睡十幾個小時覺。我經常中午起牀。

例子：

　　因為暑假有六個星期，所以我可以做很多事。

　　每年暑假我都跟父母一起去旅行。去年暑假我們一家人去了……。除了旅行以外，我還會參加補習班或者夏令營。……

　　今年暑假，我打算……

生詞1 45

① gàn 幹（干） do 　nǐ qù běi jīng gàn shén me 你去北京幹什麼？

② shǒu 首 first 　**③** dū 都 capital 　shǒu dū 首都 capital 　běi jīng shì zhōng guó de shǒu dū 北京是中國的首都。

④ shèng 勝（胜） scenic spot 　míng shèng 名勝 scenic spot

⑤ jì 跡 ruins 　gǔ jì 古跡 historical site 　míng shèng gǔ jì 名勝古跡 scenic spots and historical sites 　běi jīng yǒu hěn duō míng shèng gǔ jì 北京有很多名勝古跡。

⑥ tiān ān mén guǎng chǎng 天安門廣場 Tian'anmen Square 　**⑦** gù 故 former 　**⑧** gōng 宮 palace 　gù gōng 故宮 the Forbidden City

⑨ yí 頤（颐）和園 hé yuán Summer Palace 　**⑩** chéng 城 city wall; city 　cháng chéng 長城 the Great Wall 　chéng shì 城市 city

⑪ dēng 登 climb 　wǒ men dēng shang le cháng chéng 我們登上了長城。

⑫ jù 巨 huge 　cháng chéng xiàng yì tiáo jù lóng yí yàng 長城像一條巨龍一樣。

⑬ rén lì chē 人力車 rickshaw 　**⑭** hú tòng 胡同 lane; alley 　wǒ men zuò rén lì chē guàng le běi jīng hú tòng 我們坐人力車逛了北京胡同。

⑮ zhù 築（筑） build; construct 　jiàn zhù 建築 building; construction 　wǒ duì běi jīng de gǔ jiàn zhù tè bié gǎn xìng qù 我對北京的古建築特別感興趣。

⑯ jì 紀（纪） record 　**⑰** niàn 念 think of 　jì niàn 紀念 commemorate 　jì niàn pǐn 紀念品 souvenir

⑱ bǎo 寶（宝） treasure 　wén fáng sì bǎo 文房四寶 the four treasures of the study (writing brush, ink stick, inkstone and paper)

⑲ yìn 印 print 　**⑳** xiàng 象 image 　yìn xiàng 印象 impression

㉑ zǒng 總 sum up 　zǒng de lái shuō 總的來說，wǒ duì běi jīng de yìn xiàng tǐng hǎo de 我對北京的印象挺好的。

▲
Note: "總的來說" is used to sum up.

㉒ gǔ lǎo 古老 ancient 　**㉓** dài 代 era 　xiàn dài 現代 modern

㉔ jì 既 as well as 　jì……yòu…… 既……又…… both...and... 　wǒ jué de běi jīng shì yí ge jì gǔ lǎo yòu xiàn dài de chéng shì 我覺得北京是一個既古老又現代的城市。

1 用所給詞語寫句子

① 雖然……，但是…… 下雪

④ 既……又…… 古老

② 因為……，所以…… 複習

⑤ 又……又…… 活潑

③ 不僅……，而且…… 方便

⑥ 不但……還…… 好看

2 用所給問題編對話

1) 你去過北京嗎？去過幾次？

2) 北京一年四季的天氣怎麼樣？
哪個季節去北京最好？

3) 北京有哪些旅遊景點？

4) 在北京你可以吃到什麼美食？

5) 在北京你可以買到什麼紀念品？

6) 你對北京的印象怎麼樣？

7) 如果你明年暑假要去北京旅遊，你
打算去哪裏？打算吃什麼？打算買
什麼紀念品？

情景 下個月你在國外的朋友要來你住的城市旅遊。你給他/她打電話。

例子：

你：你什麼時候到香港？會在這裏待幾天？

朋友：我八月一號到。我打算待五天。那時候香港的天氣怎麼樣？

你：那時候會非常熱，還可能有颱風。你要帶T恤衫、短褲和太陽鏡。你可以住在我家，不用訂酒店。

朋友：那太好了！謝謝你！

你：不客氣。我可以帶你去遊覽著名的旅遊景點，比如海洋公園、山頂（shān dǐng）等。我們還可以一起品嘗香港的美食。

朋友：太好了！在香港要用港幣，對嗎？

你：對。你可以到香港以後再換港幣。

朋友：好。我想買一些紀念品和禮物。

你：那我們可以去中環（zhōng huán）逛街。那裏……

你可以用

a) 你要多帶點兒衣服。你要帶毛衣、帽子、圍巾、手套等。

b) 我已經訂好酒店了。我訂的酒店就在市中心，離地鐵站和公共汽車站很近，非常方便。

c) 這裏的東西挺貴的，你得多帶一些錢。

d) 香港是一個美食天堂（tiān táng）。在香港你可以吃到各種風味的美食。我會帶你去吃地道的廣東菜。

中環

維多利亞港（wéi duō lì yà gǎng）

灣仔（wān zǎi）

課文 1 46

聽說你今年暑假去了北京。你去幹(gàn)什麼？

旅遊啊！北京是中國的首都(shǒu dū)，有很多名勝古跡(míngshèng gǔ jì)。

你們在北京遊覽了哪些景點？

我們遊覽了天安門廣場(tiān ān mén guǎngchǎng)、故宮(gù gōng)、頤和園(yí hé yuán)，還坐人力(rén lì)車(chē)逛了北京胡同(hú tòng)。我對那裏的古建築(jiàn zhù)特別感興趣。對了，我們還登(dēng)上了長城(chángchéng)。長城像一條巨(jù)龍一樣。

你們吃了什麼好吃的東西？

我們吃了烤鴨，好吃得不得了！

你們在那裏購物了嗎？買了什麼？

我們買了一些紀念品(jì niàn pǐn)，有國畫、文房四寶(wén fáng sì bǎo)等等。

你對北京的印象(yìn xiàng)怎麼樣？

總的來說(zǒng de lái shuō)，我對北京的印象挺好的。我覺得北京是一個既古老又現代(jì gǔ lǎo yòu xiàn dài)的城市(chéng shì)。北京人也非常友好。我很喜歡那裏！

要求 介紹你最喜歡的城市。

例子：

　　我最喜歡上海。上海是一個國際大都市（dū shì），有兩千四百多萬人。

　　上海一年有四個季節。上海的春天常常下雨，夏天很熱，冬天很冷，秋天天氣最好。

　　上海是一個既古老又現代的城市。在上海不僅能看到中國傳統建築，還能看到現代化（xiàn dài huà）的高樓。

　　上海有很多著名的旅遊景點，比如外灘（wài tān）、新天地（xīn tiān dì）、豫園（yù yuán）等。上海還有很多美食，比如小籠包、獅子頭（shī zi tóu）等。

　　上海的交通非常方便，而且地鐵和公共汽車的車票都很便宜。

　　總的來説，我對上海的印象非常好。

你可以用

a) 我是在台北（tái běi）出生的。我小時候在台北住了八年。

b) 香港是一座旅遊城市，大約有七百萬人。

c) 新加坡一年有兩個季節：旱季（hàn jì）和雨季。雨季的時候差不多每天都下雨。

d) 總的來説，我對雲南的印象非常好。那裏的山美、水美、人也美。

e) 這裏有藍天、白雲和大海（dà hǎi）。風景美極了！

南京路步行街（bù xíng jiē）

新天地

外灘

生詞 2

háng zhōu
❶ 杭州 Hangzhou, capital city of Zhejiang Province

yù   gōng yù   gōng yù de duì miàn jiù shì yí ge cài shì chǎng
❷ 寓 residence   公寓 apartment   公寓的對面就是一個菜市場。

▲ Grammar: "就" can be put before "是" to show emphasis.

tào fáng   wèi   wèi shēng   wèi shēng jiān
❸ 套房 apartment; suite   ❹ 衞（卫）guard; protect   衞生 hygienic   衞生間 toilet

yáng tái   fú
❺ 陽台 balcony   ❻ 幅 a measure word (used for cloth, pictures, scrolls, etc.)

qiáng   kè tīng de qiáng shang guà zhe yì fú yóu huà
❼ 牆（墙）wall   客廳的牆上掛着一幅油畫。

▲ Grammar: a) Sentence Pattern: Place Word + Verb + 着 + Noun
b) This pattern indicates existence.

jī   chá jī   diàn qì   gōng yù li de diàn qì hěn qí quán
❽ 几 small table   茶几 tea table   ❾ 電器 electric appliances   公寓裏的電器很齊全。

shàn   diànshàn
❿ 扇 fan   電扇 electric fan

xī   chén   xī chén qì   bīng xiāng
⓫ 吸 inhale   ⓬ 塵（尘）dust   吸塵器 vacuum cleaner   ⓭ 冰箱 fridge

méi   méi qì   lú   méi qì lú
⓮ 煤 coal   煤氣 coal gas; gas   ⓯ 爐（炉）stove; oven   煤氣爐 gas stove

wēi   bō   wēi bō   wēi bō lú
⓰ 微 micro   ⓱ 波 wave   微波 microwave   微波爐 microwave oven

kǎo xiāng   hú   diàn shuǐ hú   xǐ yī jī
⓲ 烤箱 oven   ⓳ 壺（壶）kettle   電水壺 electric kettle   ⓴ 洗衣機 washing machine

chuī   chuī fēng jī
㉑ 吹 blow   吹風機 hair drier

kōng   tiáo   kōng tiáo
㉒ 空 the air; the sky   ㉓ 調（调）adjust   空調 air-conditioner

nuǎn   nuǎn qì   miǎn   miǎn fèi
㉔ 暖 warm   暖氣 heating   ㉕ 免 exempt   免費 free (of charge)

xiàn   wú xiàn wǎng   fáng jiān li hái yǒu miǎn fèi de wú xiàn wǎng
㉖ 線 wire   無線網 wireless network; Wi-Fi   房間裏還有免費的無線網。

xīn xiān   fáng zū   zhù zài zhè li hěn shū shì   fáng zū yě bǐ jiào hé lǐ
㉗ 新鮮 fresh   ㉘ 房租 rent   住在這裏很舒適，房租也比較合理。

5 用所給結構及詞語看圖完成句子

結構：牆上掛着一幅油畫。

①  掛　衣櫃裏……

④  坐　客廳裏……

②  放　書桌上……

⑤  停　路邊……

③  擺　餐桌上……

⑥  寫　紙上……

6 根據實際情況填空

1) 我家附近有 ＿＿＿＿＿＿ 。

2) 我家對面是 ＿＿＿＿＿＿ 。

3) 我家左邊是 ＿＿＿＿＿＿ 。

4) 我家右邊是 ＿＿＿＿＿＿ 。

5) 我們學校附近有 ＿＿＿＿＿ 。

6) 我們學校對面是 ＿＿＿＿＿ 。

7) 我們學校左邊是 ＿＿＿＿＿ 。

8) 我們學校右邊是 ＿＿＿＿＿ 。

9) 我的房間對面是 ＿＿＿＿＿ 。

10) 我的房間旁邊是 ＿＿＿＿＿ 。

11) 我的牀對面是 ＿＿＿＿＿ 。

12) 我的書桌旁邊是 ＿＿＿＿＿ 。

7 用所給結構看圖説話並寫下來

結構：牆上掛着一幅國畫。

書桌對面是一個衣櫃。

茶几上有一本小説。

1) _____

2) _____

3) _____

4) _____

5) _____

6) _____

─ 你可以用 ─

a) 電視	b) 書包	c) 太陽鏡
d) 椅子	e) 茶几	f) 電視櫃
g) 花瓶 huā píng	h) 空調	i) 數碼相機
j) 盤子	k) 杯子	l) 筆記本電腦

8 聽課文錄音，回答問題

1) 他們去杭州玩了多長時間？

2) 他們住的是什麼樣的酒店？

3) 客廳的牆上掛着什麼？

4) 廚房裏有什麼電器？

5) 他們在套房裏上網要付費嗎？

6) 他們一般在哪裏吃晚飯？

7) 他們常去哪裏買蔬菜和水果？

8) 酒店離地鐵站遠嗎？

今年暑假我們一家人去杭州（hángzhōu）玩了一個星期。在那裏，我們住的是一家公寓（gōng yù）式酒店。我們的套房（tào fáng）有三間臥室、一個客廳、一個餐廳、一個廚房、兩個衞生（wèi shēng）間（jiān）和一個陽台（yáng tái）。公寓很漂亮。客廳的牆（qiáng）上掛着一幅（fú）油畫。茶几（chá jī）上擺着一束鮮花。公寓裏的電器（diàn qì）很齊全。客廳裏有電視和電扇（diàn shàn）。廚房裏有冰箱（bīng xiāng）、煤氣爐（méi qì lú）、微波（wēi bō）爐（lú）、烤箱（kǎo xiāng）、電水壺（diàn shuǐ hú）、洗衣機（xǐ yī jī）和吸塵器（xī chén qì）。衞生間裏有吹（chuī）風機（fēng jī）。房間裏還有空調（kōng tiáo）、暖氣（nuǎn qì）和免費（miǎn fèi）的無線網（wú xiàn wǎng）。

我們每天都在公寓裏做晚飯。公寓的對面就是一個菜市場。我們經常去那裏買新鮮（xīn xiān）的蔬菜和水果。酒店離超市和地鐵站也很近，非常方便。

我很喜歡公寓式酒店。住在這裏很舒適，房租（fáng zū）也比較合理。

9 口頭報告

要求 畫圖並向全班介紹你家。

例子：

　　我家有兩間臥室、一個客廳、一個餐廳、一個廚房和一個衛生間。我家的客廳裏有……。客廳的牆上掛着……。餐廳在客廳旁邊。餐廳裏有餐桌和椅子。廚房在餐廳左邊。……

　　我家周圍的生活設施非常齊全。我家附近有地鐵站、公共汽車站、購物廣場、菜市場等等。我家對面就是一個大公園。公園旁邊有……

你可以用

a) 雙人牀　*shuāng rén*

b) 單人牀　*dān rén*

c) 馬桶　*mǎ tǒng*

d) 浴缸　*yù gāng*

e) 洗碗機

f) 地下室　*dì xià shì*

g) 陽台

h) 車庫

i) 花園

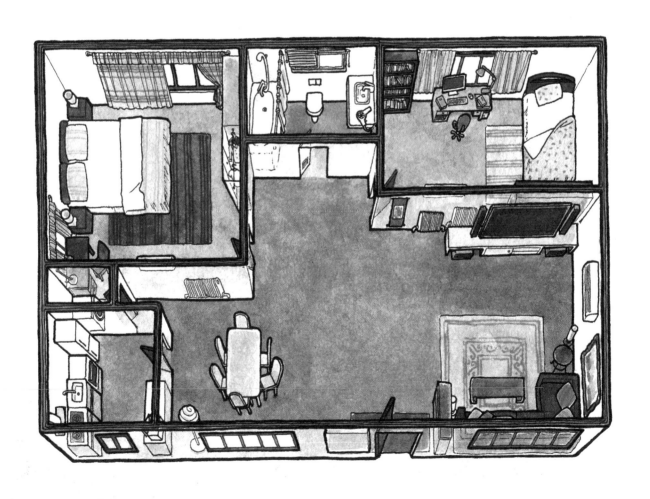

情景 下個月你們一家人要去國外度假。你幫媽媽在網上找一家酒店，然後向媽媽介紹一下這家酒店。可以參用以下問題。

1) 這家酒店叫什麼名字？在哪兒？

2) 你們要訂什麼樣的房間？一天多少錢？

3) 房間裏可以上網嗎？要不要付上網費？

4) 這家酒店裏有哪些設施？酒店裏有餐廳嗎？有什麼餐廳？

5) 這家酒店的早餐怎麼樣？早餐可以吃到什麼？

6) 這家酒店的服務怎麼樣？

7) 從酒店去旅遊景點方便嗎？可以坐什麼車？

8) 從酒店去機場方便嗎？路上要用多長時間？

你可以用

a) 你能不能找一家公寓式酒店？我們可以自己做飯。

b) 每天都有人來打掃公寓嗎？

c) 房租按天算還是按星期算？

d) 酒店裏有餐廳嗎？那裏提供中式飯菜嗎？

e) 酒店周圍有什麼公共設施？

f) 酒店附近有什麼公共交通？

g) 酒店附近有什麼旅遊景點？

情景 你給酒店打電話訂房間。

例子：

服務員：這裏是新際酒店。您好！

你：請問下個月一號到三號你們有空^{kòng}房間嗎？

服務員：有。您想訂什麼樣的房間？

你：我們一家三口，想訂一個雙人間和一個單人間。

服務員：你們打算住幾天？

你：三天。七月一號到，七月四號離^{lí}開^{kāi}。住一晚多少錢？

服務員：雙人間每晚八百九十塊，單人間每晚六百五十塊。

你：包括早餐嗎？

服務員：包括。早餐是自助餐，有中式早餐，也有西式早餐。

你：如果我今天訂房，可以打折嗎？

服務員：可以打九折，但是要先付訂^{dìng}金^{jīn}。您可以在網上訂房。

你：好。那我們上網訂吧。謝謝您！

服務員：不客氣。

新際酒店

價目表 _{jià mù biǎo}

單人間：650 元

雙人間：890 元

豪華間：1850 元 _{háo huá jiān}

設施

美景中餐廳

西餐廳

咖啡館　06:00 – 24:00

健身房　06:00 – 23:00

網球場　07:00 – 23:00

室內游泳池　06:00 – 23:00

交通

機場接送巴士（電話訂位）_{dìng wèi}

出租車（全天）

地鐵（走路十分鐘）

相關教學資源　Related Teaching Resources

歡迎瀏覽網址或掃描二維碼瞭解《輕鬆學漢語》《輕鬆學漢語
（少兒版）》電子課本。

For more details about e-textbook of *Chinese Made Easy*,
Chinese Made Easy for Kids, please visit the website or scan
the QR code below.
http://www.jpchinese.org/ebook